Susanna Tamaro

Bart, das sprechende Huhn und der Hüter der Weisheit

Susanna Tamaro

Bart

das sprechende Huhn und der Hüter der Weisheit

Mit Illustrationen von Thomas M. Müller

Aus dem Italienischen von Ingrid Ickler

Hanser

Die Originalausgabe erschien 2014
unter dem Titel *Salta, Bart!* bei
Giunti Editore S. p.A., Florenz/Mailand.

1 2 3 4 5 21 20 19 18 17

ISBN 978-3-446-25704-7

Umschlaggestaltung: Thomas M. Müller
Satz im Verlag
Druck und Bindung:
Friedrich Pustet, Regensburg
Printed in Germany

MIX
Papier aus verantwortungsvollen Quellen
FSC® C014889

1. Kapitel
Ein ganz besonderes Kind

Bartolomeo Leonardo Atari Commodore war zehn Jahre alt. Er lebte im Villenviertel einer Großstadt. Als seine Eltern den Entschluss fassten, ein Kind zu bekommen, hatten sie dort eine Wohnung gekauft. Helle großzügige Räume, ausgestattet mit allem erdenklichen Komfort.

Bartolomeos Mutter Amaranta arbeitete für eine internationale Firma und war ständig unterwegs, sein Vater Pierfrancesco flog als Pilot um die Welt.

Kennengelernt hatten sich die beiden beim Chatten im Internet. In vielen einsamen Nächten vor dem Bildschirm hatten sie festgestellt, dass sie vieles gemeinsam hatten.

Auch wenn seine Mutter anfangs etwas zögerlich gewesen war, hatten die beiden irgendwann beschlossen, sich persönlich zu treffen. Als Erstes hatten sie sich ihre richtigen Namen verraten: Pierfrancesco und Amaranta. Diesen ungewöhnlichen Vornamen verdankte sie der Lieblingsfarbe ihrer Mutter, die Dunkelrot liebte, ganz besonders Amarantrot. Als Zweites hatten sie festgestellt, dass sie ziemlich weit voneinander entfernt wohnten. Aber davon hatten sie sich nicht entmutigen lassen.

Im Gegenteil.

Immer wenn ihm seine Mutter diesen Teil der Geschichte erzählte, zitterte ihre Stimme vor Rührung. »Drei Nächte habe ich nicht geschlafen, und als ich schließlich zu unserem Treffen ging, haben mir die Beine gezittert. Ich hatte schreckliche Angst, er könnte ganz anders sein, als ich ihn mir vorgestellt hatte.«

Aber es war Liebe auf den ersten Blick. Einfach perfekt.

Da sie beide schon über dreißig waren und Kinder wollten, beschlossen sie einen Gentest machen zu lassen. Nachdem feststand, dass sie kerngesund waren und keine Veranlagungen hatten, die ein Risiko für zukünftige Nachkommen darstellten, waren sie sich einig: Das Projekt Elternschaft sollte schnellstmöglich in die Tat umgesetzt werden. Die Kombination ihrer DNA war ausgesprochen viel versprechend.

Bereits drei Monate nach ihrem Umzug in die neue Wohnung bemerkte Amaranta, dass in ihrem Körper etwas vor sich ging. Aufgrund der optimalen genetischen Voraussetzungen waren sich die Eltern sicher, dass ihr Kind etwas ganz Besonderes sein würde, und machten sich sofort auf die Suche nach einem passenden Namen.

Ein Name, der etwas Großartiges in sich trug.

»Leonardo!«, sagten beide gleichzeitig. Sie strahlten sich an.

Wie sollte ihr Kind sonst heißen?

Ein größeres Genie als Leonardo da Vinci, Erfinder, Wissenschaftler, Maler und Schriftsteller, hatte es nie gegeben. Leonardo, ganz klar, ein anderer Name kam nicht infrage.

Aber ein einziger Name? Reichte das?

»Je mehr Vornamen man hat, desto wichtiger ist man«, sagte Pierfrancesco.

Aus diesem Grund kam noch Wolfgang dazu, zu Ehren von Mozart. Und Charles, zu Ehren von Darwin. Und Vincent, zu Ehren von van Gogh. Und schließlich Atari und Commodore, um an die ersten Computer zu erinnern, die auch für private Zwecke genutzt wurden.

»Leonardo Wolfgang Charles Vincent Atari Commodore?«, wiederholten die Großeltern verblüfft, als sie die Vornamen ihres zukünftigen Enkels zum ersten Mal hörten. »Auf keinen Fall!«

Und eine lebhafte Diskussion begann.

»Carmelo!«, verkündeten Amarantas Eltern.

»Bartolomeo!«, wurden sie von Pierfrancescos Eltern übertönt.

»Carmelo, nach dem Urgroßvater!«

»Bartolomeo, wie der Ururgroßvater!«

Am Ende trugen die Großeltern väterlicherseits den Sieg davon. Pierfrancescos Vater besaß immerhin eine florierende Werkstatt für Oldtimer, der Vater von Amaranta hatte dagegen nur ein bescheidenes Häuschen auf dem Land mit Gemüsegarten und Obstbäumen zu bieten. Dort lebte er mit seiner Frau.

Und auch wenn sich die Technik noch so sehr weiterentwickelte: Die Menschen und ihre Gewohnheiten ändern sich nicht. Deshalb entschied der Papa in spe: »Nun dann, also Bartolomeo.«

Abends hatte Pierfrancesco einige Mühe, bis er Amaranta beruhigt hatte. Sie war stinksauer. »So eine Unverschämtheit! Warum hast du nachgegeben?«, fragte sie mit zusammengebissenen Lippen.

»Warum nicht? Mein Vater ist alt, und so schlimm ist es ja nicht ...«

»Nicht so schlimm? Nicht so schlimm? So ein altmodischer Name? Die anderen werden ihn auslachen!« Sie entspannte sich erst wieder, als er sagte: »Zu Hause nennen wir ihn einfach Bart.«

»Bart?«, wiederholte Amaranta. »Bart! Mmm ... klingt nicht übel. Und im Grunde ist es gar nicht schlecht, dass er einen außergewöhnlichen Namen hat, immerhin wird er ja auch Außergewöhnliches leisten. Vielleicht werden später mal viele Kinder Bartolomeo heißen – nur wegen ihm!«

Und so erblickte eines schönen Sommermorgens, zur großen Freude seiner Eltern und seiner Großeltern, Bartolomeo Leonardo Atari Commodore das Licht der Welt.

In den ersten zehn Jahren seines Lebens war Bart ein ruhiges und braves Kind. Alle sechs Monate ließen seine Eltern die technische Ausstattung der Wohnung auf den neuesten Stand bringen, um ihm jeden Komfort zu bieten.

Im Alter von sieben Monaten bekam Bart sein erstes Tablet.

Mit einem Jahr hatte er durch die in sein Kopfkissen eingebaute Musikanlage bereits sämtliche Mozart-Opern gehört und sogar den Rhythmus einiger Sinfonien mit seinem kleinen Fuß gegen die Gitter seines Babybettchens geklopft.

Als Bart in die Schule kam, bekam seine Mutter das Angebot, eine neue verantwortungsvolle Aufgabe in ihrer Firma zu übernehmen, bei der sie noch mehr reisen musste. Amaranta zögerte nicht und sagte zu. Denn Bart war inzwischen groß genug, um auf sich selbst aufzupassen.

Sie hatte in jedem Zimmer einen Bildschirm installieren lassen, damit sie zu jeder Zeit präsent sein konnte. Bart musste nur eine Taste drücken, und schon tauchte Amaranta dort auf, wo auch immer in der Welt sie sich gerade aufhielt. Außerdem hatte er ein *Watchphone*, ein Smartphone, das man am Handgelenk trug, sodass er auch unterwegs oder in der Schule ständig mit ihr in Kontakt sein konnte.

Bart sollte seine Eltern mit dem Vornamen ansprechen.

»Verstehst du, mein Schatz?«, hatte Amaranta ihm einmal erklärt, als er noch kleiner gewesen war. »Mamas gibt es viele Tausende, Millionen, Milliarden auf der Welt. Aber ich möchte für dich etwas Einzigartiges sein, so wie du es für mich bist. Deshalb bin ich für dich Amaranta, für immer. Ich werde dich nie Sohn und du wirst mich niemals Mama nennen. Versprochen? Und natürlich gilt das auch für deinen Vater. Er ist Pierfrancesco und nicht Papa. Klar?«

Und dann hatte sie ihn fest in die Arme genommen und ihm die Zauberformel ins Ohr geflüstert: *Eilawju Eilawju Eilawju Eilawju.*

Mit *Eilawju* beendeten sie ihre Skype-Telefonate. *Eilawju Eilawju Eilawju Eilawju* sagten sie beide, und dann stieg Bart vor dem Bildschirm auf einen Stuhl und küsste Amaranta auf ihre virtuelle Wange.

Ab jetzt war Amaranta nur noch zwei-, dreimal pro Woche zu Hause, Pierfrancesco schaute alle zwei Monate bei ihnen vorbei. Nur die

Sommerferien verbrachten sie gemeinsam, mindestens zwei Wochen. Meistens in fernen Ländern, denn Pierfrancesco bekam Freiflüge. Sie wohnten in riesigen Hotels an tropischen Stränden. Barts Eltern genossen ihre Zeit am Pool oder im Spa, einem Ort, wo man sich massieren lassen und Schönheitskuren machen kann, das hatte ihm Amaranta erklärt. Ihre Tablets hatten sie immer dabei und machten Fotos von allem, was ihnen ungewöhnlich erschien – ein exotisches Essen, ein Gecko, ein Einheimischer in Tracht –, um sie dann via Facebook ihren zu Hause gebliebenen Freunden zu schicken. Die reagierten postwendend: »Wow! Neid!«, immer ergänzt durch einen flotten Spruch.

Bart ging nach dem Frühstück zum Animationsprogramm für Kinder und verbrachte den ganzen Tag dort. Leider machten sie da immer ziemlich viel Sport. Spiele im Pool, Volleyball, Bogenschießen, Tauziehen, alles Dinge, für die Bart absolut unbegabt war. Nach einer Weile hatten die Animateure keine Lust mehr und parkten ihre Schützlinge in einem Saal voller Videospiele. Am Ende des Urlaubs machten sie immer ein Selfie am Strand: Amaranta, Pierfrancesco und Bart, eine glückliche Familie.

»Hat es Spaß gemacht?«, fragte ihn seine Mutter jedes Mal am Ende des Urlaubs.

Und jedes Mal antwortete Bart: »Ja, natürlich.«

Während des Rückflugs, auf dem seine gut erholten und sonnengebräunten Eltern vor sich hin dösten, überfiel ihn immer eine leichte Unruhe. Hatte ihm der Urlaub wirklich Spaß gemacht? Oder hatte er gelogen? Und was war das eigentlich: »Spaß«?

Wieder zu Hause zu sein war eine Erleichterung für Bart.

Hier war die Welt so, wie er sie gewöhnt war; niemand erwartete von ihm, Spaß zu haben und Dinge zu tun, deren Sinn er nicht verstand.

Da Bart keine Geschwister hatte und seine Großeltern weit weg wohnten, wurde sein Tag von dem Programm bestimmt, das seine Mutter in den häuslichen Zentralcomputer eingegeben hatte. Während der Schulzeit klingelte um Punkt sieben der Wecker. Kurz darauf neigte sich das Bett zur Seite in Richtung Boden und warf ihn aus den Federn, im Badezimmer und in der Küche schaltete sich das Licht an.

Er hatte genau vier Minuten Zeit unter der Dusche, zwei zum Zähneputzen und vier für Pipi und Kacka. Nach exakt zehn Minuten sprangen in der Küche zwei auf den Punkt knusprige Scheiben Weißbrot aus dem Toaster, die Mikrowelle mit der heißen Schokolade öffnete sich, und der Entsafter presste zwei Orangen aus.

Nach acht Minuten Frühstückszeit tauchte Amaranta auf dem Bildschirm auf. Meistens war sie noch im Morgenmantel, und hinter ihr erkannte man ein Hotelzimmer.

»*Eilawju Eilawju Eilawju Eilawju.* Guten Morgen, mein Schatz, wie hast du geschlafen?«

»Sehr gut, Mam... Amaranta.«

Amaranta warf einen Blick auf ihr Tablet.

»Wenn ich mir die Werte der Sensoren in deinem Kopfkissen und deinem Bettlaken so anschaue, scheinst du in der REM-Phase zwischen drei Uhr und drei Uhr zehn einen Albtraum gehabt zu haben.«

»Nein.«

»Sicher? Vielleicht hast du es nur vergessen?«

»Ähm ... Nein, ich erinnere mich an keinen.«

»Ganz bestimmt?«

»Klar.«

»Ich möchte nicht, dass dich etwas quält.«

»Nein, da ist nichts, ehrlich.«

Amaranta war beruhigt und kontrollierte die Werte aus dem Badezimmer. Im Waschbeckenbereich war alles in Ordnung – Hände, Zähne, Gesicht, alles perfekt –, aber auf der Toilette schien es Probleme gegeben zu haben.

»Hast du Pipi gemacht?«

»Ja.«

»Der Sensor zeigt allerdings eine Unregelmäßigkeit an. Hast du gestern genug getrunken?«

»Ich glaube schon ...«

»Die zwei Liter, die der Arzt vorgeschrieben hat?«

»Vielleicht etwas weniger.«

»Wenn das morgen nicht besser wird, müssen wir deinen Ernährungsplan überprüfen. Wahrscheinlich zu viele Ketokörper. Mmm ... und Kacka? Die Werte sagen: Nichts! Stimmt das?«

Wie immer starrte Bart jetzt auf den Boden.

»Ja, das stimmt. Leider.«

»Das verstehe ich nicht. Hast du deine zwanzig Pflaumen gegessen, nach Plan?«

Zum Glück hatte Amaranta noch nicht die aktuelle Version von *Pinok*, dem Lügendetektor, heruntergeladen.

»Natürlich!«, antwortete Bart etwas zu enthusiastisch. Er hasste Pflaumen und hatte sie in die erstbeste Mülltonne auf dem Schulweg entsorgt.

»Dann müssen wir zu härteren Maßnahmen greifen, Abführ...«

In diesem bedrohlichen Moment leuchtete rechts oben auf dem Monitor endlich eine rote LED-Anzeige auf. Gerettet!

»KüsschenKüsschen«, sagte Amaranta.

»KüsschenKüsschen«, antwortete Bart, bevor er auf den Stuhl stieg und seine Lippen auf den Bildschirm drückte.

Solange es nichts Außergewöhnliches gab, erschien Amaranta dreimal am Tag auf dem Bildschirm. Morgens, mittags nach der Schule und abends. Verschiedene Kameras, die mit Infrarotsensoren

ausgestattet waren, verfolgten Bart auf Schritt und Tritt durch die einzelnen Zimmer der Wohnung, auf der Terrasse, im Treppenhaus, bis hinunter zum Tor des Mehrfamilienhauses. Eine weitere Kamera war an seinem Rucksack befestigt, das *Watchphone* am Handgelenk war für dringende Fälle gedacht.

Da der ultramoderne Lügendetektor, der bei der geringsten Verfärbung der Wangen und dem kleinsten Zucken der Nasenflügel ansprang, noch nicht im Überwachungssystem installiert war, konnte sich Bart beim Skypen noch die eine oder andere Flunkerei leisten. Wenn es um Pflaumen und irgendwelche Kräutertees ging, die Amaranta ihm verordnet hatte, schwindelte er fast immer. Dabei hoffte er, dass sein Kacka-Level mit den Richtwerten in der Tabelle für Kinder seines Alters und seiner Gewichtsklasse übereinstimmte.

Er sollte mindestens vierhundert Gramm am Tag vorzuweisen haben, aber an manchen Tagen waren schon zweihundert ein wahres Wunder. Um ehrlich zu sein, hatte er bereits versucht, den Kacka-Sensor zu manipulieren, der sich unter der WC-Brille befand, im Dunkeln natürlich, damit die Kamera ihn nicht entdecken konnte, aber es hatte nicht funktioniert.

Da er die Technik nicht überlisten konnte, hatte es Bart eines Tages mit einem Trick versucht. Er hatte in den Taschen seines Schlafanzugs drei oder vier selbst gebastelte Knöllchen aus brauner Knete versteckt, die er ab und zu geschickt in die Kloschüssel beförderte, während er auf der Brille saß.

Plumms, plumms!

Plitsch, platsch!

Meist griff Bart zu diesem Trick, wenn das Horrorwort »Abführmittel« im Raum stand. Beim ersten Mal hatte er nicht gewusst, was es war, und es ohne Zögern eingenommen. Einmal und nie wieder. Es hatte nicht mal schlecht geschmeckt, es hätte auch Orangensaft oder etwas Ähnliches sein können, aber sobald das harmlos aussehende Getränk seine Wirkung entfaltete, hatte er das Gefühl gehabt, es würde mit ihm zu Ende gehen. Zwei feindliche Armeen waren in jeden Winkel seiner Eingeweide eingedrungen und führten dort Krieg. Er hatte sich vor Schmerzen gekrümmt und es gerade noch geschafft, aufzuspringen und ins Bad zu rennen, bevor es zur Katastrophe gekommen war. Dort saß er dann auf der Schüssel. Und das die ganze Nacht. Der Druck von innen war so gewaltig, dass er sich wie eine Rakete auf der Abschussrampe gefühlt hatte.

Spritzspritzsprotz.

Im Morgengrauen war er ins Bett gewankt und hatte sich geschworen, dass er das Teufelszeug nie wieder einnehmen würde. Im Internet hatte er nach dem richtigen Wort für das gegoogelt, was ihm passiert war. Und er hatte es gefunden: »Anathema«, ein Fluch, etwas, was man nie wieder erleben wollte. Für den Rest seines Lebens würden Abführmittel sein Anathema sein.

2. Kapitel
Wo ist Kapok?

Eigentlich führte Bart ein beneidenswertes Leben. Es fehlte ihm an nichts, und in seinem Alltag gab es praktisch keine Überraschungen. Wahrscheinlich wären viele gerne an seiner Stelle gewesen. Und trotzdem: Bart war immer öfter unglücklich und fühlte sich einsam.

Der einzige Freund, den er bis jetzt gehabt hatte, war Kapok.

Kapok war sein Teddybär, der treue Gefährte seiner Nächte.

Jeden Abend, nachdem das Licht ausgegangen war, bauten sich Bart und Kapok eine Deckenhöhle und unterhielten sich, bis sie so müde waren, dass ihnen die Augen zufielen.

Kapok kam von weit her und hatte viel zu erzählen. Seit Kindertagen war er Barts bester Freund. So gesehen war er nicht gerade eine Schönheit. Er hatte keine Gelenke in Armen und Beinen und konnte nicht gehen, nur sitzen, mit gespreizten Beinen und weit geöffneten Armen, als würde er nur darauf warten, von jemandem geknuddelt zu werden. Seine Augen waren nicht aus Glas, sondern aus Plastik, deshalb war sein Blick ziemlich stumpf. Auch sein Fell war merkwürdig, nicht etwa hellbraun, dunkelbraun oder schwarz, wie bei einem Bären zu erwarten, sondern himmelblau. Und zu allem Überfluss trug er am Hals auch noch eine geblümte Fliege und hatte ein Dauergrinsen im Gesicht. Im Grunde wirkte er ziemlich lächerlich.

Bart hatte schon seit Längerem bemerkt, dass seine Mutter Kapok nicht ausstehen konnte, aber er liebte ihn heiß und innig. Mit seinem Teddy im Arm im Bett zu liegen war für ihn der schönste Moment des Tages.

Als er mit drei Jahren lesen lernen musste, hatte er auch seinen Namen erfahren. *Kapok 100 %* hatte auf dem Etikett gestanden, das an seinem Körper befestigt war. Für Bart war er deshalb »Kapok«, aber Amaranta nannte ihn nur »das Ding«.

Als Amaranta einmal mit einer Freundin telefonierte, hatte Bart ihr Gespräch belauscht.

»Ich verstehe nicht, warum er so an ihm hängt. Meinst du, wir haben etwas falsch gemacht? Mal davon abgesehen, dass er schrecklich hässlich ist, verschwendet Bart eine Menge Zeit mit ihm. Meinst du, wir sollten mal zum Arzt gehen? Er ist immerhin schon zehn und hängt immer noch an diesem Ding, wie peinlich. Ein Kind mit seinem Intelligenzquotienten! Stell dir vor, er will ihn jetzt sogar immer und überallhin mitnehmen. Wenigstens da habe ich einen Riegel vorgeschoben. ›Das Ding bleibt im Bett‹, habe ich ihm gesagt. ›Keine Diskussion.‹ Zum Glück ist Bart ein folgsames Kind. Ja, schon. Dein Vorschlag scheint wohl die beste Lösung zu sein. Ja, klar, ich halte dich auf dem Laufenden.«

Einige Tage später war es dann passiert: Als Bart abends in sein Bett kroch, war Kapok verschwunden. An seiner Stelle lag ein anderer

Bär. Ein Prachtexemplar mit herrlichem dunkelbraunem Fell und Glasaugen, die wie Sterne glänzten. Als er ihn berührte, hatte er begonnen, auf Englisch mit ihm zu sprechen.

»Good evening, dear child, I am your new bear and I will tell you a lot of stories. Press start, please, and choose your favorite program.«

Barts Gefühle in diesem Moment sind schwer zu beschreiben, denn es waren die ersten seines Lebens. Und es waren keine positiven Gefühle. Er fühlte sich, als ob er in ein schwarzes Loch stürzen würde. Er bekam keine Luft mehr. Etwas Bedrohliches umklammerte sein Herz und versuchte es aus seinem Brustkorb zu reißen.

Bis zu diesem Augenblick hatte Bart gar nicht gewusst, dass er ein Herz hatte, und vor allem, dass man an dieser Stelle so große Schmerzen haben konnte.

Die ganze Nacht hatte er sich im Bett hin und her gewälzt und kein Auge zugetan.

Als die Sonne aufging, erfüllte die Stimme des Hightech-Bären erneut das Zimmer.

»Good morning, my child! Wake up, today is a wonderful day, the sun is shining and ...«

Da konnte Bart nicht anders, er packte den Bären an einem Bein und knallte ihn, so fest er konnte, gegen die Wand. Dann schlüpfte er in seine Pantoffeln und rannte in die Küche. Vielleicht war Kapok noch zu retten!

Mit wild klopfendem Herzen öffnete er den Mülleimerdeckel. Wenn Kapok nur noch da wäre ... Leider war der Mülleimer bis auf zwei Beutel Entschlackungstee und ein paar Orangenschalen leer.

Er raste die Treppenstufen hinunter auf die Straße. Dort sah er, wie der Inhalt des Müllcontainers vor dem Haus gerade im Müllauto verschwand. Bart war wie gelähmt, sein Mund stand vor Anstrengung weit offen, so schnell war er gerannt. Als er inmitten der Müllflut etwas Blaues leuchten sah, stand auch sein Herz still, schwer und kalt wie ein Stein.

Da es keine Sensoren gab, die den Herzschlag kontrollierten, fiel es weder Amaranta noch Pierfrancesco auf, dass sich im Inneren ihres Kindes etwas verändert hatte.

Erst in den folgenden Monaten wichen die Werte der Schlafsensoren derart ab, dass Amaranta sich Sorgen zu machen begann. Sie fragte Bart nach dem Grund dieser unerklärlichen Unruhe.

»Ich will einen Hund!«, antwortete Bart via Skype.

Einer seiner Schulkameraden hatte einen Welpen geschenkt bekommen und ihm lustige Filme ihrer gemeinsamen Erlebnisse gezeigt.

»Ein Hund? Kommt nicht infrage!«

»Dann eine Katze! Die kann auch übers Dach raus.«

»Ausgeschlossen! Pierfrancesco ist allergisch gegen Katzenhaare.«

Danach war Bart das ganze Tierreich durchgegangen, bis hin zu Schildkröte und Goldfisch. Nichts zu machen. Amaranta war unerbittlich.

»Nicht, dass ich Tiere nicht mag«, sagte sie am Ende des Gesprächs. »Tierdokus sehe ich wirklich gerne. Aber Tiere sind nun mal Tiere, und Menschen sind Menschen. Und Tiere bringen Dreck ins Haus und kosten viel Zeit. Reine Verschwendung.«

Am folgenden Wochenende hatte ihn Amaranta ins Einkaufszentrum geschleppt und dort das topaktuelle Tamagotchi-Modell gekauft, ein virtuelles Küken, das jeden Tag gefüttert werden musste, genau wie ein echtes.

»Siehst du?«, hatte sie gesagt, als sie das Geschäft verließen. »Die Technik macht sogar das möglich. Man kann lernen, sich um ein Tier zu kümmern, ohne all die Unannehmlichkeiten, die ein echtes Tier mit sich bringt.«

Aber Bart interessierte sich natürlich nicht im Geringsten für ein Tamagotchi.

Er wollte ein weiches, flauschiges Hündchen mit langen Ohren, einem warmen, kuscheligen Bauch und einer langen rosa Zunge, die ihm übers Gesicht fuhr. Er wollte einen Welpen, der in sein Bett sprang, sich neben ihn legte und schlief, genau wie früher Kapok.

Amaranta hatte sich geduldig neben ihn aufs Sofa gesetzt und mit dem Tamagotchi gespielt.

»Oh, schau mal, wie süß«, sagte sie und tat so, als hätte sie Spaß dabei.

Doch als sie bemerkte, dass sie damit bei Bart keinen Erfolg hatte, versuchte sie es mit Druck: »Wenn du dich nicht kümmerst, wird das Küken sterben. Und wenn ich daran denke, was das gekostet hat …«

Noch am gleichen Abend teilte ihm seine Mutter mit, dass sie ihn für einen Chinesischkurs angemeldet hatte.

Auf dem Wochenplan ihres Sohnes hatte sie nämlich eine Lücke entdeckt: Dienstagnachmittag waren zwei Stunden nicht besetzt. Und diese kostbare Zeit sollte nicht verschwendet werden.

Als Bart sich ins Bett legte, war es kalt und leer. Selbst ein Küken wäre jetzt besser als gar nichts, dachte er. Er hatte zwar noch nie ein echtes Exemplar gesehen, aber im Fernsehen sahen sie warm, zart und immer lustig aus. Selbst ein winziges Küken würde gegen die Kälte helfen, die er in sich aufsteigen spürte.

Vor dem Einschlafen dachte er an den Chinesischkurs. Er hatte Angst. Schon wieder etwas Neues.

Mit fünf konnte er bereits vier Sprachen sprechen.

Er hatte keltische Harfe, Borneo-Flöte und Geige nach der Suzuki-Methode gelernt.

Außerdem Kurse in Fingermalen, Aquarellieren, Pappmaschee-Basteln und Raku-Töpferei gemacht.

Selbst Seiltanzen und Clownerie waren ihm nicht erspart geblieben.

Im Schwimmkurs hatte er literweise Chlorwasser geschluckt und bitterlich gefroren, und jetzt war sogar noch Turmspringen dazugekommen. Turmspringen war Pierfrancescos Leidenschaft. Als Jugendlicher hatte er viele Preise gewonnen, bevor er sich dem Fallschirmspringen widmete.

Und jetzt auch noch ein Chinesischkurs!

Bart sollte immer und überall der Beste sein, zumindest nach dem Willen seiner Eltern. Ihm selbst war das egal, zumal es furchtbar anstrengend war, immer der Beste zu sein.

Doch bis zu diesem Augenblick hatte er sich immer angestrengt, um sie nicht zu enttäuschen.

»Hat es dir gefallen?«, fragten sie ihn am Ende der Kurse immer.

»Ja«, antwortete er dann, aber es stimmte natürlich nicht.

Insgeheim wünschte sich Bart sogar, dass Amaranta den *Pinok*-Lügendetektor kaufte, damit sie endlich wüsste, was er wirklich dachte.

Würden ihn seine Eltern dann noch lieb haben?

Und was war überhaupt lieb haben?

Eins wusste er ganz genau: Er hatte Kapok lieb gehabt. Und Kapok gab es nicht mehr. Er war auf einer Mülldeponie verschwunden, zusammen mit anderen Abfällen. Und ein winzig kleines Küken sollte der Ersatz sein? Keine Chance.

Mit diesen traurigen Gedanken schlief Bart ein und träumte wirr und kurz, aber in seinem Traum war alles gelb und himmelblau. Über ihm war die Zimmerdecke, darüber das Dach. Und darüber Dutzende von Flugzeugen, die den Nachthimmel erhellten.

Und über den Flugzeugen kreisten Satelliten, in eisigen Höhen, stur und gefühllos, in immer gleichen Bahnen um die Erde.

Über den Satelliten, sehr weit darüber allerdings, gab es zum Glück noch die Sterne.

Sterne sind wie eine riesige uralte Uhr: *klack, klack, klack*, drehen sie nach rechts, *klick, klick, klick* drehen sie nach links, und wenn ein *klick* und ein *klack* zusammentreffen, dann fällt ein unsichtbarer Strahl auf die Erde, und irgendwo und irgendwann geschieht dort etwas ganz Besonderes.

3. Kapitel
Im Schwimmbad

Der Turmspringkurs und der Chinesischunterricht begannen in der gleichen Woche. Und zwar an zwei weit voneinander entfernten Orten am Stadtrand. Bart musste mit der U-Bahn und verschiedenen Bussen hin und her pendeln. Nie zuvor war er alleine so weit weg von zu Hause gewesen.

Ohne sein *Watchphone* hätte Amaranta das niemals erlaubt. Denn die Stadt war voller Gefahren.

»Sprich nicht mit Fremden. Gib niemandem die Hand. Berühre keine Tablets oder Smartphones von anderen Leuten. Lehne alles ab, was man dir zu essen oder trinken anbietet. Schau niemandem in die Augen und gib keine Antwort auf irgendwelche Fragen. Verstanden? Und lass das *Watchphone* die ganze Zeit angeschaltet, dann kann ich dich per Satellit die ganze Zeit sehen.«

Das erste Mal war ein wahrer Albtraum. Alle dreißig Sekunden meldete sich seine Mutter.

»Bist du schon in der U-Bahn? In welchem Wagen? Hast du einen Sitzplatz? Ist die Temperatur angenehm? Zu kalt? Zu warm? Musst du Pipi?«

Bart konnte die Lautstärke nicht verändern, sodass alle anderen Fahrgäste dem Gespräch zuhören konnten. Sein Gesicht färbte sich langsam dunkelrot.

Nicht, weil es zu heiß war, sondern weil er sich schämte.

Amaranta schaltete sich erst weg, als sie sah, dass Bart vor dem Eingang des Schwimmbads stand.

Es war ein kalter Wintertag, und allein bei dem Gedanken, sich jetzt ausziehen zu müssen, begann Bart zu zittern. Und er zitterte immer noch, als er, in einen Bademantel gehüllt, vor dem Trainer stand.

»Du bist also der Sohn von unserem Champion? Willkommen im Club, junger Freund!«

Junger Freund! Das Wort gab ihm einen Stich in die Magengrube.

Sein Vater nannte ihn immer so. Bart hasste das.

»Aufgepasst!«, sagte der Trainer und klatschte in die Hände. »Ab heute nimmt Bart am Training teil, er ist der Sohn eines echten Meisterspringers. Einen Willkommensapplaus, bitte!«

Alle klatschten eifrig, doch in ihrem Applaus lag nicht die Spur von Freundlichkeit. Bart wurde rot. Einige Jungs kicherten und stießen sich mit dem Ellbogen in die Seite.

Bart senkte den Blick, das war alles so peinlich, und ... OH GOTT! Ihm wurde schlagartig klar, warum sich die anderen über ihn lustig machten. In der Eile hatte er statt seiner Badehose eines von Amarantas Bikinihöschen eingepackt. Und zwar das schlimmste von allen!

Das mit den von Pfeilen durchbohrten Herzchen, das an der Seite zwei Schleifchen hatte, an denen kleine Glöckchen baumelten.

»Ich muss ... ähm, ich muss heute früher weg ...«, stammelte er, an den Trainer gewandt, der ihn aber nicht zu hören schien.

»Lauf zu den anderen, junger Freund«, sagte er und packte ihn aufmunternd am Nacken. »Wir wärmen uns zuerst auf.«

Kniebeugen, Rumpfbeugen, Bauchübungen, Trampolinspringen. Alles Dinge, die Bart nicht konnte. Die anderen Jungs waren muskulös und athletisch und absolvierten mit Leichtigkeit eine Übung nach der anderen. Sie schienen sogar Spaß daran zu haben.

Als das Aufwärmprogramm zu Ende war, wurde alles noch viel schlimmer.

»Wollen wir unserem neuen Freund zuerst einmal die Gelegenheit geben zu zeigen, was er draufhat?«, fragte der Trainer provozierend in die Runde.

Alle nickten und begannen rhythmisch zu klatschen.

»Bart! Bart! Bart!«

Bis zu diesem Moment war Bart immer die Leiter hinunter ins Schwimmbecken gestiegen. Auch im Urlaub, als ihn die Animateure gezwungen hatten, vom Beckenrand zu springen, war er jedes Mal wie ein Kartoffelsack ins Wasser geplumpst und untergegangen.

»Warum habe ich keinen Kurs gemacht, wie man sich mit der Kraft der Gedanken unsichtbar machen kann?«, fragte er sich und ging schlotternd vor Angst auf das Ein-Meter-Brett zu.

»Vom Einer?«, fragte der Trainer ungläubig, als er ihn die Stufe hochsteigen sah. »Der Sohn eines Meisterspringers?! Kommt nicht infrage. Mindestens vom Dreier!«

»Vom Dreier, vom Dreier!«, wiederholten die anderen im Chor, die Stimmen wurden lauter. Die Bodenkacheln waren kalt und glitschig, Bart ging ganz langsam und vorsichtig, aus Angst, er könnte ausrutschen und hinfallen.

Als ob das nicht peinlich genug wäre, wurde jeder seiner Schritte vom Klingeln an seinen Hüften begleitet.

Kling kling kling kling.

Bart begann die Sprossen zum Sprungturm hochzusteigen.

»Aloha! Aloha!«, schrie jemand von unten, wahrscheinlich inspiriert durch das Bikinihöschen.

»Aloha!«, stimmte der Chor der anderen ein.

Das Brett unter seinen Füßen war rau. Bart atmete tief ein, vor Angst war er so steif wie eine ägyptische Mumie. Er tastete sich vor bis an den vorderen Rand des Sprungbretts, das am Anfang ganz stabil gewirkt hatte, jetzt aber zu wippen begann. Das Zittern des Bretts wanderte über seine Beine bis in die Ohren. Unter ihm lauerte das Wasser, sehr weit weg.

Womit würde er aufkommen?

Auf dem Bauch?

Auf dem Rücken?

Auf dem Po?

Und wenn er nicht wieder nach oben kam? Wenn er am Boden des Beckens wild um sich schlug und seine Lungen platzten? Oder was wäre, wenn er sich den Kopf oder den Rücken an der Brettkante anschlagen würde? Oder noch schlimmer, wenn sich die Schleifen am Bikinihöschen lösten?

Das Stimmengewirr unter ihm wurde lauter.

Zum Glück habe ich das *Watchphone* nicht an, dachte er. Er schluckte ein paarmal und versuchte Haltung zu bewahren. Und murmelte dann mit zitternder Stimme: »Lieber nicht.«

Bart drehte sich um und stieg vorsichtig wieder nach unten. Nach einem kurzen Moment absoluter Stille brach in der Schwimmhalle ein Proteststurm los, die Jungs schrien und pfiffen.

»Buuuuh! Buuuh!«

»Jungs, reißt euch zusammen! Etwas mehr Verständnis!«, mahnte der Trainer und hob beruhigend die Arme. »Es gibt auch schüchterne Menschen auf der Welt! Sein Vater war ein echter Champion, und Bart trägt das Sieger-Gen bestimmt auch in sich. Vergesst nicht, dass die wirklich Großen den richtigen Moment abwarten, um zu zeigen, was sie draufhaben.«

Seine Worte hatten nur teilweise den gewünschten Erfolg. Sobald sie in der Umkleidekabine waren, umringten ihn die Größeren und sangen: »Aloha! Aloha! Zeig uns dein Schwänzchen, kleines Hänschen! Wer sich in die Hosen pisst, zeigt, wessen Vaters Sohn er ist! Aloha! Aloha! Zeig uns dein Schwänzchen!«

Dann bauten sie sich drohend vor ihm auf und schrien: »Für Hosenpisser ist hier kein Platz, klar?!«

An diesem Abend rief Pierfrancesco aus Nowosibirsk an.

»Also, junger Freund, was gibt's Neues? Wie war die erste Stunde?«

»G-g-gut.«

»Wie viele Kniebeugen?«

»Fünfzig.«

»Sehr gut. Sit-ups?«

»Dreihundert.«

»Fantastisch, mein Junge, großartig. Und die Sprünge?«

»Vom Dreier. Ein doppelter ... Hechtsprung,«

»Schon? Fantastisch, einfach fantastisch! Und wann ist der erste Wettkampf?«

»Ähm ... bald. Recht bald.«

»Weißt du was? Wo auch immer ich dann bin, ich komme, um zuzuschauen. Versprochen.«

Bart schluckte. »Oh, danke ...«

»Gute Nacht, junger Freund!«

»Gute Nacht.«

Als er an diesem Abend ins Bett ging, fühlte Bart eine noch größere Kälte in sich als sonst. Als er an seine Erlebnisse am Nachmittag zurückdachte, zitterte er noch immer.

Er wunderte sich immer wieder, dass seine Eltern alles glaubten, was er ihnen erzählte. Wie lange konnte das noch so weitergehen? Die Sache mit dem Wettkampf war ein Super-GAU. Und nun?

4. Kapitel
Auf den Boden schauen!

Im Chinesischkurs lief es etwas besser. Dort gab es keine grellen Neonlichter, und es schrie auch niemand. An den Wänden hingen weiße Papierbahnen, an den Tischen saßen Leute ganz unterschiedlichen Alters. Da fiel Bart zum Glück nicht weiter auf.

Vor jedem Schüler stand ein steinernes Tablett mit Tintenfässern und verschieden dicken Pinseln, die an Eichhörnchenschwänze erinnerten.

Der Meister machte einen Strich, und sie sollten diesen Strich nachmalen. Aus Strichen wurden Wörter, die wie Bilder aussahen. Diese Schriftzeichen nannte der Meister Ideogramme.

In der ersten Stunde lernte Bart die Ideogramme für »Frau« und »Kind«. Wenn man die Schriftzeichen miteinander verband, entstand das Wort »brav«. Als Hausaufgabe sollte er das Wort »Freund« üben, das ein bisschen so aussah, als würden sich zwei Hände einander entgegenstrecken.

Als der Kurs zu Ende war, schien immer noch die Sonne, und Bart beschloss, im Park spazieren zu gehen, ohne sein *Watchphone* einzuschalten. Die Bäume hatten schon erste Knospen, aus denen bald Blätter wachsen würden; Vögel flogen durch die Luft, die Grashalme und kleine Zweige für den Nestbau im Schnabel hatten. Der schreckliche Nachmittag im Schwimmbad war weit weg. Auf dem Teich schwammen Scharen schnatternder Enten, und ein paar Kinder fütterten sie mit Brot. Menschen, die das Glück hatten, einen Hund zu haben, führten ihren Vierbeiner spazieren.

Hier stank es nicht nach Smog, es roch nach Erde. Bart war es bisher nie aufgefallen, dass die Erde einen Geruch hatte. Amaranta hasste natürliche Gerüche, und deshalb stammten alle Düfte, die Bart kannte, aus elektrischen Diffusoren, *Meeresbrise* oder *Rosengarten* zum Beispiel.

Er schrieb seiner Mutter per SMS, der Kurs würde nicht zwei, sondern drei Stunden dauern, und setzte sich auf eine Bank am Teich.

Wenn ich jede Woche hierherkomme, dachte Bart, dann sollte ich Brot oder Nüsse mitbringen und mich mit einem Schwan oder einem Eichhörnchen anfreunden. Ein Spatz würde auch reichen ...

Da nahm ein alter Chinese neben ihm Platz, mit einem großen Sack über der Schulter.

Sollte er aufstehen? Weglaufen?

Aber ehrlich gesagt, so gefährlich sah der Mann gar nicht aus.

Der Alte seufzte tief und hielt ihm drei Münzen hin.

Bart rutschte ein Stück weg.

»Nein, danke.«

»Du wirfst ...«

»Ähm, ehrlich gesagt habe ich kein Geld ...«

»Ich will kein Geld ... wirf!«

»Ich weiß nicht, ob das so hygienisch ...«

»Nichts hygienisch. Wirf!«, sagte der Alte und hielt ihm mit der anderen Hand ein Stück Pappe hin.

Zitternd nahm Bart die Münzen und warf sie alle auf einmal auf das Stück Pappe.

Der Chinese kontrollierte und lächelte.

»Noch einmal!«

Wenn die Münzen mit Bakterien verseucht waren, dann hätte er sich ohnehin schon angesteckt, dachte Bart, und warf noch mal. Die Münzen fielen, danach musste er das Ganze noch viermal wiederholen.

»Noch mal?«, fragte Bart nach dem sechsten Wurf. Die Sache begann allmählich Spaß zu machen.

»Nein«, sagte der Chinese, »jetzt genug. Ich weiß Bescheid.«

»Ähm ... und was wissen Sie?«, fragte Bart unsicher.

»Kleines Herz, kein Freund. Mit Freund wird Herz größer. Und mutig.«

Bart schaute ihn fragend an.

Der Alte kniff die Augen zusammen. »Du bist richtig.«

»Richtig für was?«

»Für mutiges Herz, reines Herz. Und reines Herz kann alle Hindernisse überwinden. Himmel hilft.«

Der Alte stand auf. Trotz seines Alters waren seine Bewegungen geschmeidig.

Als er den Sack wieder auf den Rücken hievte, fragte Bart: »Was haben Sie da drin?«

»Verlorene Sachen«, antwortete der Chinese und ging davon. Er drehte sich noch einmal um: »Großes Herz, in Himmel schauen. Großes Herz, auf Boden schauen. Aber heute auf Boden schauen. Auf Boden schauen!«

Bart blieb noch eine Weile sitzen und starrte vor sich hin.

Er stellte sich vor, was seine Mutter und sein Vater sagen würden.

»Du hast mit einem völlig Fremden gesprochen, mit einem Lumpensammler?«

»Hat er dir Geld gegeben?«

»Hast du etwas gegessen oder getrunken von dem, was er dir angeboten hat?«

»Hast du dir die Hände desinfiziert?«

»Wie konntest du nur so etwas machen?«

Ängstlich sah Bart auf sein *Watchphone*. Zum Glück war es immer noch ausgeschaltet, aber bald wären seine drei Stunden in Freiheit vorbei. Rasch ging er auf den Ausgang des Parks zu.

Wie dumm er gewesen war, er hatte den Mann nicht mal nach seinem Namen gefragt!

Wer weiß, ob er ihn jemals wiedersehen würde. Und wenn Kapok in seinem Sack steckte?

Als Bart fast schon zu Hause war, ging gerade die Sonne unter. Er musste nur noch einen verwilderten schmalen Grünstreifen jenseits der viel befahrenen Straße durchqueren. Er stolperte und landete mitten in Getränkedosen und alten Zeitungen. Als er sich wieder aufrappelte, fiel ihm etwas auf, das wie ein Metallkäfig aussah. Normalerweise wurden in solchen Käfigen Haustiere gehalten, aber in diesem steckte nur ein zusammengeknüllter Lumpen. Als er sich den Dreck von den Hosen klopfte, fiel ihm der Satz des alten Chinesen wieder ein: »Auf Boden schauen! Auf Boden schauen!«

War er gestolpert, weil er nicht auf den Boden geschaut hatte? Oder ging es vielleicht um den Käfig?

Bart entschied sich für Letzteres. Er sah sich um, ob ihn auch niemand beobachtete, wickelte den Käfig in die großen Papierbögen mit den chinesischen Schriftzeichen und ging nach Hause. In der Wohnung versteckte er den Käfig im toten Winkel auf der Terrasse, kurz bevor der Bildschirm aufleuchtete und Amarantas Stimme durch den Raum hallte: »*Eilawjueilawjueilawju!*«

»*Eilawjueilawjueilawju.*«

»Wie war es heute?«

»Sehr gut«, antwortete Bart. Und damit sie zufrieden war, setzte er noch ein paar chinesische Wörter hinzu: »Kou, bi, lei, kan.«

»Großartig«, sagte Amaranta begeistert, »die Temperatursensoren zeigen an, dass es vier Grad wärmer geworden ist. Deshalb beginnen wir morgen mit der Frühlings-Entgiftung. Gemüse, Obst, Bancha-Tee. Und Nahrungsergänzungsmittel natürlich, um den Flüssigkeitsverlust auszugleichen. KüsschenKüsschen!«

»KüsschenKüsschen. Gute Nacht!«

5. Kapitel
Ein Alien namens Zoe

Bart lag schon im Bett, als er plötzlich ein leises Geräusch hörte. Es kam von der Terrasse.

Zuerst dachte er, es sei der Wind. Aber das Geräusch wiederholte sich ein paarmal, es musste also etwas anderes sein. Ohne das Licht anzuschalten, damit die Sensoren nicht anschlugen, schlich er nach draußen.

Es war Vollmond und die Terrasse fast taghell erleuchtet. Der dreckige Lumpen lag noch immer am Boden des Käfigs. Was habe ich mir nur dabei gedacht, dieses Mistding mit nach Hause zu nehmen?, dachte Bart. Morgen werfe ich es auf dem Schulweg in die Mülltonne.

Plötzlich kam es ihm vor, als würde sich der Lumpen bewegen.

Oder bildete er sich das nur ein?

Um sicherzugehen, steckte Bart einen Finger zwischen die Gitterstäbe. Von dem Lumpen ging Wärme aus, er hob und senkte sich, als würde jemand darunter atmen.

Was konnte das sein?

Es hatte die gleiche Farbe wie sein alter Furby, war aber größer und schien keinen Kopf zu haben. Bart nahm allen Mut zusammen und öffnete die Käfigtür.

»Hilfe! Hilf mir!«, flehte eine erstickte Stimme.

Erschrocken zog Bart seine Hand zurück. Was, wenn es ein Zombie war?

»Hilfe! Hilf mir!« Die Stimme wurde schwächer.

»Wer ... wer bist du?«

»Z X 4292.«

»Kommst du ... aus dem Weltall?«

»Nein.«

»Aus der Finsternis?«

»Auch nicht. Willst du mir nun helfen oder mich verhören?«

Bart zögerte.

Sollte er nicht lieber Handschuhe anziehen? Oder so tun, als hätte er nichts gehört?

»Also ...« – die Stimme wurde lauter – »mach schon, dreh mich um, ich halt das nicht mehr aus ...!«

Er sollte besser vorsichtig sein.

»Warum sollte ich dich umdrehen?«

»Siehst du nicht, dass ich auf dem Rücken liege?«

Wenn das eine Falle war?, schoss es Bart durch den Kopf.

Aber der Gedanke verschwand sofort wieder, denn seine Neugier war stärker als seine Angst. Mit einer gewissen Abscheu steckte er die Hand in den Käfig und drehte das sprechende Dingsbums um.

»Ah ... endlich! So ein Elend, seit ich auf den Boden gefallen bin, liege ich so da.«

Bart sah das seltsame Wesen aufmerksam an, das gerade seinen Kopf aus dem Käfig streckte und sich umsah, als würde es nach etwas suchen.

»Ich habe einen Riesendurst.«

»Was trinken Wesen wie Sie denn normalerweise?«

»Hör mal, Milchgesicht, ich mag es, wenn man das Alter respektiert, aber du kannst mich ruhig duzen. Das ist mir lieber.«

»Nenn mich nicht ›Milchgesicht‹! Ich heiße Bartolomeo Leonardo Atari Commodore«, sagte Bart pikiert.

Das Wesen schüttelte den Kopf.

»Ziemlich umständlich ... wenn ich das jedes Mal wiederholen muss, bin ich verdurstet.«

»Alle nennen mich Bart.«

»Okay, Bart, bring mir Wasser.«

»Normales Wasser?«

Die Stimme wurde wieder schwächer.

»Wenn du noch lange wartest, brauchst du nicht mehr zu fragen. Dann bin ich tot.«

Bart hatte schon sein Tamagotchi-Küken sterben sehen, was kein schöner Anblick gewesen war. Er ging zum Wasserhahn auf dem Balkon, füllte einen Untersetzer mit Wasser und stellte ihn in den Käfig.

Z X 4292 tauchte seinen Kopf hinein und trank gierig. Die Augen hielt es genüsslich geschlossen.

Bei näherer Betrachtung sah das Wesen stark nach einem Vogel aus. Es hatte einen Schnabel, der Hals und der Kopf waren kahl. Auch das rosa Hinterteil war kahl, es hatte keinen Schwanz, während die Krallen so lang waren, dass sie sich wie Luftschlangen um sich selbst rollten. Außerdem wirkten sie ziemlich scharf.

Als Z X 4292 fertig getrunken hatte, döste es vor sich hin. Diesen Moment nutzte Bart, schlich auf Zehenspitzen in die Wohnung zurück und verschloss sorgfältig die Terrassentür. Er holte eine Knolle Knoblauch und hängte sie an die Klinke der Terrassentür. Er hatte das mal in einem Horrorfilm gesehen, als Schutz gegen Vampire. Er legte sich wieder ins Bett, aber zum Einschlafen war er zu aufgeregt. War das, was passiert war, gut oder schlecht? Und was würde morgen sein? Sein Herz war voller widerstreitender Gefühle, aber er versuchte still liegen zu bleiben, damit die Sensoren in der Matratze nichts mitbekamen.

Als das Morgenlicht ins Zimmer flutete, nahm Bart das Tablet aus dem Rucksack und setzte sich aufs Bett. Wer oder was konnte dieses Wesen nur sein?

Wenn er kein Risiko eingehen wollte, musste er sich erst informieren, bevor er die Terrassentür wieder öffnete. Er tippte *Z X 4292, Farbe rosa-weiß, spitze Krallen, vom Himmel gefallen, kann sprechen* ins Suchfenster mehrerer Suchmaschinen ein.

Die Ergebnisse, die er angezeigt bekam, beruhigten ihn ganz und gar nicht. Es wimmelte von Hinweisen auf Zombies und sonstige Ungeheuer, die sich in die Häuser und das Leben der Menschen einschleichen konnten, um dort als blutrünstige Monster ihr Unwesen zu treiben.

Meist gaben sie sich ganz harmlos, bis die Menschen ihnen vertrauten, aber sobald das geschafft war, loderten ihre bösartigen Seiten wieder auf und zerstörten die Welt derer, die sie so gutgläubig bei sich aufgenommen hatten. Mit jeder Zeile, die er las, begann sein Herz stärker zu klopfen. Wie hatte er nur einen solchen Fehler machen können?

Schuld war der alte Chinese.

Ohne ihn wäre er nie auf die Idee gekommen, diesen seltsamen Vogel mit nach Hause zu nehmen. Und jetzt musste er ihn loswerden, bevor er Schaden anrichten konnte und vor allem bevor Amaranta Wind davon bekam. In weniger als einer halben Stunde würde sie auf dem Bildschirm erscheinen.

Tock Tock Tock.

Seine Überlegungen wurden von einem Klopfgeräusch am Fenster unterbrochen: »Baaart! Baaaart! Ich habe Hunger! Ich habe Hunger!«

Bart legte das Tablet zur Seite und öffnete vorsichtig die Terrassentür, zunächst nur einen Spaltbreit, dann etwas weiter, und ging hinaus.

»Hör mal«, sagte er so entschieden wie möglich, »ich glaube nicht, dass unser Zusammenleben funktioniert. Ich werde dich dorthin zurückbringen, wo ich dich gefunden habe, und zwar noch heute.«

Er wollte noch hinzufügen, dass er auf fiese Zombie-Tricks nicht reinfallen würde, aber das behielt er dann doch lieber für sich.

Z X 4292 wirkte sehr enttäuscht.

»Du hast mir etwas zu trinken gegeben, aber zu essen bekomme ich nichts?«

»Ähm ... nein.«

»Aber du wirst etwas essen, oder?«

»Natürlich.«

»Und was?«

»Orangensaft, Toast, Cornflakes ...«

»Prima, Cornflakes sind super.«

»Aber ich habe dir doch gesagt, dass ...«

»Ich will Cornflakes.«

Und da Bart in seinem Leben immer gemacht hatte, was man ihm sagte, gehorchte er schließlich.

»Schon gut, aber danach ...«

»Danach, danach, danach! Denk mal ans Jetzt, sonst sterbe ich vor Hunger!«

Bart verschwand und kam mit einer Tasse Cornflakes wieder. Dann rannte er in die Wohnung zurück, Amaranta würde gleich in Aktion treten.

Piep Piep Piep.

»*Eilawjueilawujaeilawjueilawju*, mein Schatz. Du hast sehr unruhig geschlafen!«

»Stimmt. Ich habe mir wegen der Mathearbeit Sorgen gemacht. Ich bin ganz früh aufgestanden, um mit dem Tablet zu üben.«

»Aha, aha, aha. Und wie geht es dir jetzt? Immer noch Sorgen? Jetzt ist alles okay, oder?«

»Alles okay.«

»Einen schönen Tag! KüsschenKüsschen!«

»KüsschenKüsschen!«

Bart war spät dran. Trotzdem schaute er noch mal nach draußen, bevor er ging. Der seltsame Vogel saß auf dem Käfig und schien vor sich hin zu dämmern.

»Hey!«

»Du kannst mich Zoe nennen, wenn du willst.«

»Hör zu, Zoe, ich gehe jetzt in die Schule, danach ist Turmspringen. Ich komme um fünf wieder, und dann bringe ich dich zurück, klar?«

»Sonnenklar«, antwortete Zoe, bevor sie wieder eindöste.

»Und mach ja nichts kaputt!«, mahnte Bart und schloss die Terrassentür hinter sich.

Leider war an diesem Tag ein anderer Trainer im Schwimmbad, ein junger Kerl, der die ganze Zeit auf der Trillerpfeife pfiff. Schon beim Aufwärmen wurde Bart von den anderen geschubst und gehänselt: »Will das Häschen lieber eine Karotte oder ein Radieschen?«

Bei der vierten Liegestütze klatschte er wie ein nasser Sack auf den Boden. Der junge Trainer zog ihn am Bund seiner Badehose wieder hoch und schrie: »Schlappschwanz! Zur Strafe machst du doppelt so viele!«

Bart hatte sich die ganze Woche vorbereitet, die Sprünge der Champions auf YouTube studiert und sich abends im Bett immer wieder eingeredet, dass er es schaffen würde.

Und er hatte sich den einfachsten Kopfsprung ausgesucht: den Hecht.

Sprosse für Sprosse erklomm er den Sprungturm, und auch dieses Mal war der Sprechchor unter ihm nicht gerade ermunternd. Da er eine blaue Badehose anhatte, schrien die Jungen jetzt nicht mehr »Aloha!«, sondern »Schlumpf! Schlumpf!«.

Bart war einen Moment lang verwirrt. Was hatte ein Schlumpf mit Turmspringen zu tun?

Plötzlich begann er hin und her zu rutschen, unter seinen Füßen spürte er etwas Glitschiges. Jemand hatte das Sprungbrett mit Seife eingeschmiert! Bart verlor den Halt, plumpste erst mit dem Po auf das Brett, überschlug sich, stieß sich den Kopf an und wurde in die Luft katapultiert.

Er ruderte mit Händen und Füßen, bis er mit dem Rücken aufs Wasser klatschte. »Champion! Champion! Champion!«, brüllten die anderen und klatschten in die Hände.

In der Umkleidekabine kam ihm Filiberto entgegen, der offenbar der Anführer war. »Weißt du ...«, sagte er in freundschaftlichem Ton, »anfangs wollten wir, dass du wieder verschwindest, weil du so ein Angsthase bist, aber jetzt wäre es schön, wenn du bleibst. Bleib nur, Aloha! Du bist so was von witzig!« Dann nahm er etwas Heu aus einer Tüte und stopfte es Bart in die Tasche.

»Hier, falls du Hunger hast. Springen macht hungrig, das hast du sicher schon bemerkt.«

Der Chor der anderen begleitete ihn bis an die Tür: »Blödolomeo ...«

6. Kapitel
Katastrophe!

Bart kam erschöpft, aber vor allem zutiefst gedemütigt zu Hause an. Durch die Ereignisse am Nachmittag hatte er völlig vergessen, wen er auf der Terrasse zurückgelassen hatte. Er ließ sich wie ein Stein auf den gemütlichsten aller Sessel plumpsen und seufzte. Aber sein erleichterter Seufzer verwandelte sich sofort in einen Entsetzensschrei.

»Oh nein!«

Das Bild, das sich ihm bot, war grauenvoll. Die Terrasse war von braunen Flecken übersät, und die meisten Kunstblumen, die Amaranta dort dekoriert hatte, waren völlig zerfetzt.

Außer sich vor Wut riss er die Tür auf und stürmte hinaus. »Was fällt dir ein? Was hast du angestellt?«, brüllte er.

Zoe ließ sich nicht aus der Ruhe bringen.

»Ich habe das gemacht, was man so macht, wenn man lange allein ist. Ich habe etwas zu essen gesucht und habe mich erleichtert. Leider sind die Blumen alle aus Plastik, pfui Teufel!«

»Willst du damit sagen, dass diese Flecken …«

»… Kacka und Pipi sind, na klar. Das kommt bei uns auf einmal. Deshalb wirkt es ein wenig matschig.«

»Wir? Wer ist denn wir? Wer bist du überhaupt?«

»Na ja, ich bin nicht gerade eine Schönheit, aber ich meine, man müsste mich doch erkennen können …«

»Ehrlich gesagt, nein. Für mich kannst du sowohl ein Zombie als auch eine mutierte ferngesteuerte Bakterie sein.« Bart war immer noch wütend.

Zoe seufzte. »Ich bin ein Huhn. Oder um genau zu sein, eine junge Henne.«

»Ein Huhn?«, wiederholte Bart überrascht. Die einzigen Hühner, die er kannte, lagen, in Plastik eingeschweißt, im Gefrierschrank und bestanden meist nur aus Schenkel oder Brust. »Ein echtes Huhn?«

»Hühnerfarm *Glückliches Huhn*, Z X 4292, genannt Zoe, Legebatterie 34, Käfig 14, Schnellverfahren. Zu deinen Diensten.«

Bart war sprachlos. Auf dem Tablet hatte er bis jetzt nur Fotos von lebenden Hühnern gesehen, die waren aber pummelig und voller Federn gewesen, mit wohlgeformten Krallen, leuchtend roten Kämmen und kleinen Säckchen unter dem Hals in der gleichen Farbe.

»Und wenn du groß bist, wirst du eine Henne?«, fragte Bart vorsichtig.

»Klar, wenn's Gott gefällt, schon.«

»Und früher warst du ein …«

»Ein Küken, ganz genau.«

»Oh! Ein Küken habe ich mir schon immer gewünscht!«

»Jetzt hast du eins.«

»Aber du bist schon ein Huhn, das heißt, eine kleine Henne.«

»Aber tief in mir drin bin ich immer noch ein Küken ... wenn du näher kommst, zeige ich es dir.«

Bart ging näher.

»Pipipipipi.«

»Es stimmt! Du klingst genau wie das Tamagotchi.«

»Stopp, Milchgesicht, das reicht. Ich bin doch kein strombetriebenes Plastikding.«

»Ich heiße Bart, nicht Milchgesicht.«

»Okay, Bart. Ich war ein echtes Küken, jetzt bin ich eine echte kleine Henne, und eines Tages werde ich, so Gott will, eine Glucke sein. Fass mich an, wenn du mir nicht glaubst.«

»Darf ich?«

»Tu's einfach!«

Bart streckte die Hand nach Zoe aus, sie fühlte sich warm an. Aber auch das Tamagotchi wurde sehr heiß, wenn es eine Weile angeschaltet blieb.

»Bist du immer noch nicht überzeugt? Schüttle mich!«

Bart schüttelte Zoe.

Es stimmte, keine Kabel, keine Schrauben, keine LEDs.

»Du kannst mir auch unter die Flügel schauen, das ist mir nicht peinlich.«

Bart hob vorsichtig die armselige Andeutung eines Flügels hoch. Auch hier schien alles normal.

»Also?«

»Ja, du scheinst wirklich ein Huhn zu sein und kein Plastikding. Aber warum hast du so lange Krallen wie ein Außerirdischer oder ein Vampir?«

»Das ist eine lange Geschichte ...«

In diesem Moment holte das Piepen des Bildschirms Bart in die Wirklichkeit zurück.

»Katastrophe!«, schrie er, rannte ins Wohnzimmer und zog hastig den Vorhang hinter sich zu.

Amaranta war schon einige Minuten auf Empfang.

»*Eilawjueilawjueilawjueilawju!*«, tönte es durch die Wohnung.

»*Eilawju*«, antwortete Bart völlig außer Atem.

»War's schön im Schwimmbad?«

»Sehr schön. Ich habe einen perfekten Kopfsprung gemacht, alle waren baff.«

Irgendwie stimmte das ja auch.

»Das freut mich. Du weißt ja, wie wichtig es für Pierfrancesco ist, dass du ein guter Turmspringer wirst. Vor einigen Stunden wurden Auffälligkeiten in der Wohnung registriert, ein starker Geruch nach Ammoniak. Da wir Mai haben, ist wahrscheinlich einer dieser schmutzigen Bazillenträger, ein Vogel, der ein Nest auf der Terrasse gebaut hat, dafür verantwortlich. Kannst du da mal nachschauen, mein Schatz? Und wenn du ein Nest findest, kannst du es bitte gleich zerstören?«

Bart dachte blitzschnell nach. »Oh nein, da ist kein Nest, Mam... Amaranta. Wir müssen für den Chemieunterricht ein Experiment mit Ammoniak machen, und ich habe es auf der Terrasse ausprobiert, um in der Wohnung keinen Dreck zu machen. Morgen ist alles wieder in Ordnung, versprochen.«

»Dann ist es ja gut. Stell doch bitte im Wohnzimmer einen Meeresbrise-Duftspender auf. Ich komme am Samstag zurück, und wie du weißt, hasse ich schlechte Gerüche. KüsschenKüsschen.«

»KüsschenKüsschen.«

Nach dem Gespräch kehrte Bart auf die Terrasse zurück. »Wir müssen alles sauber machen! Und vor Samstag musst du verschwunden sein! Ver-schwun-den!«

Bart versuchte, so gut es ging, die Blumen mit Tesafilm und Sekundenkleber wieder zusammenzukleben. Dann schrubbte er die Fliesen, hielt sich dabei aber die Nase zu.

»So etwas Widerliches habe ich noch nie gemacht.«

»Nun ja, wenn ich ins Bad gekonnt hätte, wäre das nicht passiert. Aber du hast mich ja ausgesperrt.«

»Seit wann gehen Hühner aufs Klo?«

»Kennst du außer mir noch andere?«

»Stimmt, oder besser gesagt, nein«, antwortete Bart, der Zoe nicht verletzen wollte. Tatsächlich hatte er es bisher nur mit Hähnchenschenkeln und Hühnerbrüsten zu tun gehabt und die waren entweder gegrillt, paniert oder gebraten gewesen.

»Warum mischst du dich dann in etwas ein, von dem du keine Ahnung hast? Wo wir gerade dabei sind, wo ist denn euer Badezimmer? Ich habe eine lange Reise in einem Lastwagen hinter mir, da konnte ich mich weder putzen noch auf dem Boden wälzen. Und schau dir nur mal meine Krallen an!«

Um sich nicht von den überall in der Wohnung installierten Kameras und Sensoren erwischen zu lassen, zog Bart den Bademantel an und versteckte Zoe darunter.

Dann ließ er Wasser in die Wanne, drehte die Dusche auf und platzierte Zoe inmitten einer Wolke aus duftendem Vanillebadeschaum.

Nachdem die junge Henne genug geplanscht hatte, wickelte Bart sie in ein großes Badetuch und setzte sie auf die Klobrille, in der Hoffnung, dass die Sensoren nicht ausschlagen würden.

»Kannst du mir auch die Krallen schneiden?«

Bart holte die Nagelschere seiner Mutter.

»Aber pass auf, du musst sie gegen das Licht halten und vor den Kapillaren abschneiden, das sind diese roten Äderchen, sonst gibt es ein Blutbad.«

Nachdem Bart die Krallen sorgfältig gekürzt hatte, schüttelte Zoe zufrieden ihr spärliches Federkleid. Endlich fühlte sie sich besser.

»Kann ich dir ein Geheimnis verraten?«

»Klar.«

»Schau mal unter meinen linken Flügel.«

Bart hob ihn hoch. »Sieht aus wie ... Flaum bei einem Küken.«

»Klar, ich bin ja auch fast noch eins. Siehst du, ich lüge nicht.«

Bart inspizierte Zoe genauer.

Es stimmte. Jetzt, wo sie gewaschen war, gut roch und geschnittene Krallen hatte, sah sie gar nicht übel aus. Auch der Kopf, selbst wenn dort nicht die Spur eines Kamms zu erkennen war, wirkte genau wie der eines Kükens.

Es war Zeit fürs Abendessen. Bart aß das Gericht 324, das für die Dienstage im Mai vorgesehen war, und bot Zoe einen Maiskolben an, den er in der Mikrowelle warm gemacht hatte.

»Du bist ein Schatz!«, rief sie und streckte den Kopf aus dem Heu in der Schwimmbadtasche, in die sie sich verkrochen hatte. »Du hast an mich gedacht!«

»Ehrlich gesagt, nein ...«

»Wir schlafen in einem Bett, oder?«, fragte Zoe, und ohne auf die Antwort zu warten, nahm sie etwas Heu in den Schnabel und tippelte in Barts Zimmer. »Kann ich es neben deinem Kopfkissen bauen?«

»Was denn?«

»Na, mein Nest! Hast du vergessen, dass ich eine Glucke werde, wenn ich groß bin?«

Bart fehlte die Kraft, um zu widersprechen. Er hatte das alles nicht mehr unter Kontrolle.

Und hatte er, seit Kapok im Müll gelandet war, nicht immer davon geträumt? Sich an jemandem wärmen zu können? Warum sollte das kein Küken sein?

Dieses Küken war zwar schon etwas größer, aber immerhin war es warm. Warm und lebendig, und es hatte ein richtiges Herz. Zoe baute ihr Nest rechts neben dem Kopfkissen. Dabei streifte ihr Flügel Barts Wange.

»Soll ich schnurren?«, fragte sie.

»Aber du bist doch keine Katze!«

»Wenn du es schön findest ... schnurren kann ich gut. *Brrrrr, brrrrr*. Toll, was?«

»Können wir jetzt schlafen?«

»Klar!«

»*Brrrbrrr.*«

Dann war es lange Zeit still, bevor Zoe wieder den Schnabel öffnete: »Bart ... Baaaart ...«

»Mmh?«

»Wenn du mich in den Arm nimmst, rupfe ich mir keine Federn aus, weißt du?«

7. Kapitel
Meine Würmer nicht vergessen!

Obwohl Zoes Federn ihn ab und zu kitzelten, schlief Bart in dieser Nacht wie ein Stein. Als sich um Punkt sieben die Haushaltsmaschinerie in Gang setzte, sprang Bart nicht wie sonst aus dem Bett, sondern drehte sich auf die Seite, seine neue Freundin hielt er weiter fest im Arm.

»Hey, ich habe von Umarmen, nicht von Ersticken gesprochen!«

»Oh, entschuldige. Es ist so schön warm ...«

Schon jetzt hatte er in seinem Morgenprogramm bereits zehn Minuten Verspätung. In allen Zimmern schrillten Alarmglocken, Stroboskoplichter durchforsteten jeden Winkel des Hauses, um die Ursache der Störung zu finden.

Das Klopapier im Bad rollte sich von selbst ab, der wartende Klodeckel öffnete und schloss sich wie ein Entenschnabel. Kurzum, es herrschte Chaos.

Klapp! Klapp! Klapp!

Zoe hielt sich die Ohren zu.

»Was für ein Albtraum, das ist ja wie in Käfig Nummer 14!«

Endlich öffnete Bart ein Auge. Noch zehn Minuten bis zu Amarantas Anruf! Dieses Mal würde es ihm nicht gelingen, sie hinters Licht zu führen, auch nicht, wenn er das Morgenprogramm mit einem Schlag erledigen könnte.

Er geriet in Panik.

»Und was machen wir jetzt? Wenn sie merkt, dass du ...«

Zoe beendete entspannt ihre Morgentoilette und zog sorgfältig jede einzelne Feder glatt.

»Weißt du, was meine Großmutter immer gesagt hat? Man muss clever sein.«

»Clever?«

»Ja, wenn jemand stärker und mächtiger ist als du, dann musst du dein Köpfchen benutzen. Natürlich nur, wenn es nicht komplett hohl ist ...«, setzte Zoe grinsend hinzu.

»Was meinst du damit?«, fragte Bart, der in seiner Panik nicht mehr klar denken konnte.

»Kannst du dir das nicht vorstellen?«

»Hilf mir ein bisschen, nur ein bisschen, bitte!«

»Du hast doch Finger, oder? Dann schalte doch einfach alles ab.«

Den Strom abschalten? Auf diese Idee wäre Bart im Traum nicht gekommen.

»Meinst du ... das kann ich?«

»Ich meine, das musst du sogar, und zwar schnell!«

Bart rannte zum Sicherungskasten und schaltete, ohne zu zögern, den Strom ab.

Klack!

Mit einem Mal stand alles still. Nichts bewegte sich mehr.

»Lange wird das nicht dauern«, meinte Bart, dem seine wagemutige Aktion schon jetzt Angst machte, »Amaranta hat bestimmt ein System, das auf Situationen wie diese vorbereitet ist. Sie liebt mich über alles und will immer und überall wissen, was ich mache.«

»Dann verlieren wir besser keine Zeit!«

»Was meinst du damit?«

»Wir frühstücken erst mal, oder? Mit leerem Magen sieht alles trostlos und traurig aus. Dann gehe ich in mein Nest zurück und du in die Schule, wie immer.«

»Aber sie wird dich bemerken.«

»Keine Sorge, ich verstecke mich.«

Nach dem Frühstück begleitete Zoe Bart an die Tür. Er hatte schon den Rucksack auf dem Rücken.

»Und denk dran, mir Würmer mitzubringen. Ich überlebe nicht lange ohne.«

»Würmer? Vergiss es!«

»Ich dachte, du magst mich ...«, sagte Zoe traurig.

»Schon, aber ...«

»Aber?«

»Wo soll ich die herbekommen? Und eklig finde ich sie auch.«

»Du hast sie doch noch nie probiert!«

»Das werde ich auch nicht.«

Bart verließ die Wohnung und schloss sorgfältig die Tür hinter sich. Auf der Treppe dachte er daran, dass ein Tamagotchi auch Vorteile hatte, denn irgendwann war die Batterie leer.

In der Zeit zwischen Schule und Chinesischkurs klapperte Bart die Supermärkte ab, besonders die Abteilungen Obst und Gemüse, Tiefkühlkost und Tiernahrung – aber keine Spur von Würmern. Logisch, welcher Laden verkauft schon gerne Würmer?

An diesem Tag lernte er von Meister Wang drei neue Ideogramme.

Nest – chao

Erde – tu

Kriechtier – chong

Aus dem Biologieunterricht wusste er, dass Würmer meistens unter der Erde aktiv sind. Man hatte ihnen sogar welche auf dem Whiteboard gezeigt. Und er wusste, dass sie sehr nützlich sind, weil sie so viel Kacka machen. Regenwurmkacka sah aus wie kleine Würstchen, nur dass sie nicht aus Fleisch, sondern aus Erde waren.

Auch heute nahm er nach dem Kurs nicht den Bus, sondern ging durch den Park, wie schon die Woche zuvor. Er hoffte, den seltsamen alten Chinesen wiederzutreffen, denn er hatte viele Fragen an ihn. Was sollte er von alldem halten, was er in den letzten Tagen erlebt hatte? Bart fühlte sich glücklich und unglücklich zugleich.

Glücklich, weil er endlich eine Freundin gefunden hatte. Unglücklich oder besser gesagt beunruhigt, weil diese Freundschaft sein ganzes Leben durcheinanderbrachte.

Er setzte sich auf die Bank und wartete.

Im Blumenbeet vor ihm hüpften Drosseln auf der feuchten Erde herum und zogen lange Regenwürmer heraus. Bart seufzte. Das wäre ein Festessen für Zoe, allerdings müsste er sie erst fangen, und das ging nicht ohne Anfassen ...

Er blickte sich um.

Niemand zu sehen.

»Ich kann es ja mal versuchen«, sagte er sich, nachdem er zwei stabile Stöcke gefunden hatte. Er hockte sich neben das Beet und begann in der Erde zu wühlen. Unglaublich! Sofort hatte er einen Regenwurm gefangen. Ein Prachtexemplar. Je mehr er zog, desto länger wurde der Wurm. Doch am Ende hatte Bart gewonnen und streifte ihn in die leere Pausenbrottüte. Nach einer Weile entdeckte er einen zweiten, der ebenfalls in der Tüte landete.

Bei der Suche nach dem dritten hörte er eine wohlbekannte Stimme hinter sich.

»Wen haben wir denn da? Bartolomeo Blödomeo!«

Filiberto und drei andere Jungs aus dem Turmspringerkurs starrten ihn an.

»Unser Champion überrascht uns immer wieder! Du bist gar kein Kaninchen, sondern ein Truthahn! Ein Truthahn, *gugelugu*! Und er steht auf Würmer. Sag mal, Bart, wie schmecken die eigentlich?«

»Also ... die sind nicht ...«

»Lecker, was? Willst du nicht gleich einen probieren und uns live berichten, wie er schmeckt?«

»Ich würde lieber ...«

Noch bevor er den Satz beenden konnte, hatten ihn zwei Jungs zu Boden geschubst und an Beinen und Armen umklammert, während ein dritter ihm die Nase zuhielt, damit er den Mund aufmachte. Er versuchte die Zähne zusammenzupressen, doch nach zwanzig Sekunden bekam er keine Luft mehr und musste nachgeben.

Filiberto hielt den längsten Regenwurm zwischen zwei Fingern und ließ ihn gefährlich nahe an seinem Mund hin und her pendeln. Mit einer letzten Anstrengung versuchte Bart sich zu befreien, aber die anderen waren zu stark für ihn.

»Schaut mal, wie er sich windet, genau wie ein Wurm.«

Bart wollte gerade das einzige Wort stammeln, das ihn vielleicht noch retten könnte: »Gnade!« – als etwas Unglaubliches passierte. Wie ein Wirbelwind stürzte sich jemand auf die vier Jungs, die entsetzt nach allen Seiten flüchteten.

Hatte er etwa geträumt?

Bart hob vorsichtig den Kopf. Über sich bemerkte er den Schatten des alten Chinesen, die Tüte mit den Würmern in der Hand.

»Geschenk für Freund. Wichtig.«

Bart rappelte sich auf und griff ungläubig nach der Tüte.

»Danke. Aber wie haben Sie ...«

»Freundliche Menschen haben tiefe Wurzeln, arrogante Menschen nur breite Schuhe. Wenn du sie berührst, sind sie wie Heu und fliegen davon.«

»Haben Sie ...?«

»Nein, das war deine Freundlichkeit.«

Bart hatte schon oft Kung Fu auf dem Nintendo gespielt.

»Und Ihr Geheimtrick? Können Sie mir den beibringen?«

»Es ist Freundlichkeit.«

Nebeneinander gingen sie bis ans Ende des Parks. Vor dem Tor blieb der Chinese stehen und stellte seinen Sack auf dem Boden ab.

»Ich Tien Lu.«

»Tien Lu«, wiederholte Bart.

»Aber du nennst mich Lu.«

»Ich heiße Bartolomeo Leonardo Atari Commodore, du kannst mich Ba...«

»Ich weiß. Bart.«

Lu öffnete den Sack, wühlte darin herum und zog einen großen rechteckigen Gegenstand heraus. Mit dem Ärmel wischte er den Staub ab und reichte ihn Bart.

»Geschenk.«

»Oh ... aber das ist ...«

»Altes Buch, genau.«

»So etwas habe ich noch nie in der Hand gehalten. Ziemlich schwer.«

»Ja, schwer. Wichtige Sachen sind schwer.«

»Darf ich es mit nach Hause nehmen?«

»Natürlich. Und Würmer.«

»Du kannst hier nicht raus, oder?«, fragte Bart, als sie vor dem Tor standen.

Statt einer Antwort lächelte Lu und winkte ihm nach, bis Bart ihn nicht mehr sehen konnte.

8. Kapitel
Geschafft, Milchgesicht!

Bart kam völlig außer Atem zu Hause an. Zoe döste in ihrem Nest.

»Überraschung!«, rief er und wedelte mit der Tüte vor ihrem Schnabel herum.

»Wow, Milchgesicht, du hast es geschafft!«

»Nenn mich nicht …«

»Jetzt sei doch nicht so empfindlich! Das weiß ich doch. Manchmal bist du aber ein Milchgesicht.«

Bart sah sich im Spiegel an.

»Ich finde nicht, dass …«

»Nein, nicht außen, von innen.«

»Wie das?«

»Farblos und harmlos.«

Bart hielt noch immer die Tüte in der Hand.

»Und was mache ich damit? Willst du sie gleich essen?«

»Nein, ich mag sie lieber versteckt.«

»Versteckt?«

»Ich drehe mich um, zähle bis zehn, und in der Zwischenzeit versteckst du die Würmer in der Wohnung. Das ist mir lieber.«

Die Ereignisse hatten Barts Tagesablauf völlig durcheinandergebracht. Er wusste nicht mal, wie spät es war, und es interessierte ihn auch nicht. Er war gerade dabei, einen Wurm unter den Wohnzimmerteppich zu legen, als plötzlich

piep piep piep

der große Bildschirm hinter ihm aufleuchtete und Amaranta erschien.

Bart bemerkte zum ersten Mal, dass seine Mutter wirklich amarantfarben war. Dunkelrot von Kopf bis Fuß. Kein *Eilawju.*

»BAAARTTT!«

Bart sprang auf.

»Hier bin ich!«

»Was machst du da unter dem Sofa?«

»Äh, ich schaue nach, ob der Robotsauger auch richtig sauber gemacht hat.«

»Wie aufmerksam.«

Amaranta glaubte ihm offensichtlich kein Wort. »Warum war heute Morgen das Licht aus?«

»Es gab ein starkes Gewitter, und das ist ...«

»Keine Spur von Gewitter in der Wettervorhersage.«

»Das war nur ganz punktuell, deshalb haben sie ...«

»Bart, schau mir in die Augen!« Amarantas Stimme klang drohend.

»Du lügst mich an. Und du denkst auch noch, ich würde es nicht merken. Da ist jemand bei dir, oder?«

»Nein, niemand.«

»Lügner! Dazu brauche ich kein Pinok! Die Infrarotsensoren haben einen Körper identifiziert, der Wärme abstrahlt. Ein zweiter Körper. Und die Messwerte sagen, dass ihr in einem Bett geschlafen habt.«

»Vielleicht ein Kurzschluss wegen des Unwe…«

»Halt den Mund!«, brüllte Amaranta. »Mach es nicht noch schlimmer. Ich weiß nicht, wen oder was wir da im Haus haben, aber es verschwindet sofort. Sofort, hast du verstanden?! Die Quittung bekommst du am Samstag, und ich versichere dir, dass sich einiges ändern wird.« Aus ihrem Mund drang ein verzerrtes Schluchzen. »Und das bei allem, was wir in dich investiert haben!«

Piep piep piep.

Das Gespräch war zu Ende. Kein KüsschenKüsschen.

Das allererste Mal in seinem Leben.

Bart war schockiert.

Er hatte seine Mutter kaum wiedererkannt. Ihre Miene war verkrampft, auf dem sonst so vertrauten Gesicht hatte ein metallisches Glänzen gelegen, und ihre zornigen Augen hatten geflackert wie LED-Leuchten.

»Herrlich! Köstlich!«

Zoes Stimme hallte durch den Raum.

»Du musst verschwinden«, sagte Bart mit zitternder Stimme.

»Ah, wir spielen Verstecken?«

»Nein, du hast mich falsch verstanden. Du musst weg.«

»Wohin weg?«

»Weg von hier. Sonst ...«

»Sonst?«

»Ach, keine Ahnung.«

Bart spürte ein Zittern in der Kehle, als ob er zu weinen anfangen würde.

»Aber ... willst du wirklich, dass ich gehe?«

Bart dachte an sein Leben, bevor Zoe gekommen war.

»Nein, ganz bestimmt nicht, aber ich muss gehor...«

Zoe kam näher und wischte mit einer Flügelspitze die Tränen aus Barts Gesicht. Eine Träne glänzte auf der Oberfläche der Feder wie ein Diamant.

»Weißt du, was eine Träne wirklich ist, Milchgesicht?«

»Nein.«

»Schau mal. Das ist wie ein kleiner Kristall voller Licht. Dein Licht.«

Erst jetzt bemerkte Bart, dass er wirklich weinte. Zum ersten Mal in seinem Leben.

»Zoe, ich habe noch nie ...«

»Ich weiß. Aber jetzt kannst du.«

»Wirklich?«

Zoe nahm ihn in ihre ausgebreiteten Flügel. »Du musst sogar.«

Als hätte man einen Stöpsel aus Bart gezogen, strömten ihm die Tränen die Wangen hinab, und er schluchzte heftig. Erst nach und nach, wie bei einem Unwetter, das losbrach und wieder vorbeizog, beruhigte er sich wieder.

»Ich habe weinen gemeint, nicht duschen!«

»Tut mir leid, Zoe.«

»Kein Problem, meine Federn sind wasserabweisend. Weißt du, was man braucht, wenn man geweint hat?«

»Ein Taschentuch?«

»Nein, etwas Leckeres zu essen.«

»Aber du hattest doch schon die Würmer.«

»Das war doch nur die Vorspeise. Nach all diesen Gefühlen würde ich zu ein paar Maiskolben nicht Nein sagen.«

»Weißt du was?«, sagte Bart, als er in die Küche ging. »Ich habe überhaupt keine Lust auf Mahlzeit 364, ideal für Ende Mai.«

»Prima, Bart. Sehr gut.«

»Ich will viel lieber eine Superpizza mit scharfer Salami, einen Haufen Pommes und ein Eis mit Karamellüberzug und Krokantstreusel.«

Zoe verbeugte sich.

»Zu Diensten, Sahib.«

»Sahib? Was soll das denn heißen?«

»Das heißt *Herr*, denn ich bin hier, um deine Wünsche zu erfüllen. Dein Glück ist auch mein Glück.«

Nach diesen Worten öffnete Bart die Gefriertruhe, und Zoe kroch hinein.

»Brrr, hier ist es ja kälter als am Nordpol. Also, schaun wir mal ... Erbsen, Fischstäbchen, Teigtaschen. Ah, hier sind die Pizzen! Brasilianische, afrikanische, thailändische Art ... Vier Jahreszeiten ... scharfe Salami, hier haben wir sie! Und da sind auch Pommes und Maiskolben. Wenn ich nicht vorher erfriere, finde ich auch das Eis.«

»Nicht nach rechts schauen«, warnte Bart. Denn dort stapelten sich die Hühnerbrüste und die Hähnchenschenkel.

»Alles klar, Chef. Ich schaue nur nach links.«

Nach ein paar Minuten kam Zoe wieder aus dem Kühlschrank gekrochen.

»Am liebsten hätte ich jetzt einen Wodka.«

Sie stellten alles in die riesige Mikrowelle, die ihnen mit künstlicher Stimme mitteilte: »12 000 Kalorien, 90 % Cholesterin, 0 % Vitamine. Programmfehler. Programmfehler. Programmfehler.«

»Stimmt, Programmfehler«, meinte Zoe und zog das warme Essen aus der Mikrowelle. »Das wissen wir, und wir lieben Programmfehler, oder, Bart?«

Bart nickte glücklich und stopfte sich Pommes und Pizza gleichzeitig in den Mund.

»Und wenn du erlaubst ...«, fügte Zoe mit ernsthafter Stimme hinzu.

»Erlaubt, erlaubt!«, sagte Bart mit vollem Mund.

»... dann ...« – *zack!* Mit einer energischen Schnabelbewegung zog Zoe den Stecker aus der Steckdose, und die Mikrowelle verstummte.

9. Kapitel

Ein geheimnisvolles altes Buch

Nach dem Abendessen machten es sich die beiden auf dem Sofa im Wohnzimmer bequem, als Bart plötzlich wieder Lus Geschenk in den Sinn kam. Er stand auf und zog das Buch aus dem Rucksack.

»Ich hab eine Überraschung für dich.«

»Noch mehr Würmer?«

»Nein, schau mal, etwas ganz Altes!« Bart legte es auf seinen Schoß. »Ein Buch!«

»Ganz schön groß«, meinte Zoe. »Wenn du es aufklappst und umdrehst, kann das ein Dach für einen Hühnerstall werden.«

»Ich glaube nicht, dass Bücher für so etwas da sind.«

»Aber wenn man es mal braucht ...«

»Wenn man es mal braucht, könnte man es auch zum Feueranzünden verwenden, weil Papier brennbar ist. Das habe ich in der Schule gelernt. Mit einem Tablet geht das nicht.«

»Und ein Hühnerhaus kann man auch nicht aus einem Tablet machen.«

»Jedenfalls waren Bücher die Tablets von früher. Man konnte in ihnen lesen.«

Bart fuhr mit dem Ärmel über das Buch, das mit einer feinen Staubschicht bedeckt war, als ob es sehr lange unbemerkt auf einem Regal gelegen hätte. Der Einband war leuchtend rot, der Titel in goldenen, schon etwas abgewetzten Lettern geschrieben.

Im Land d… Einsi…

Zoe flatterte aufgeregt mit den Flügeln.

»Toll, lies mir was vor.«

Kaum hatte Bart das Buch aufgeklappt, fegte ein kräftiger Wind ins Wohnzimmer.

Huuuuuiiihuuuuuiiihuuuuiii.

Mit dem Wind wirbelten Herbstblätter durchs Zimmer.

Huuuiiihuuuuiiihuuuuuiii.

Auf die Blätter folgten Schneeflocken und danach Kirschblüten.

»Wow! Passiert das immer, wenn man in Büchern liest?«, fragte Zoe verblüfft.

»Keine Ahnung. Es ist das erste Mal, dass ich eins aufschlage.«

Die Blütenblätter hatten sich überall im Raum verteilt, der Schnee schmolz auf dem Sofa.

Zoe atmete tief ein. »Mmmh, wie schön, es riecht wie im Wald.«

»Bist du nicht in einer Legebatterie aufgewachsen? Woher willst du das wissen?«

»Aber meine Vorfahren lebten in der Natur. Das reicht. Mhm … der Duft nach Wald, nach feuchter Erde. Und der Duft nach fetten Würmern.«

»Kannst du nicht mal an etwas anderes denken?«

»Weißt du, was meine Großmutter immer gesagt hat? Mit vollem Bauch geht es einem gleich besser!«

Als Bart die erste Seite umblätterte, flaute der Sturm im Wohnzimmer ab. Dieses Buch schien mehr aus Bildern als aus Wörtern zu bestehen. Der erste Teil handelte von einem großen Wald, der ganz anders aussah als die Wälder, die er auf seinem Tablet gesehen hatte. Das hier waren keine Fotos, sondern Zeichnungen.

Die Bäume waren riesig. Wenn man sie genauer betrachtete, wirkten sie wie Menschen. Viele Äste sahen aus wie Arme, in der Rinde des Stammes meinte man Augen und Münder zu erkennen. Der ganze Wald war in Herbstfarben getaucht.

Hier und da, zwischen den Wurzeln, waren Gruppen roter Pilze mit weißen Tupfen zu sehen, im Hintergrund erkannte man ein Bächlein, an dem eine Igelmutter mit ihren Kindern trank. Auf der anderen Seite hockte eine große Eule in der Astgabelung eines Baumes und döste, während ein Grünspecht immer wieder gegen die Rinde klopfte.

Mitten durch den Wald führte ein laubbedeckter schmaler Weg, ganz im Hintergrund erstrahlte ein helles Licht. Dort musste eine Lichtung sein.

»Hmm ... wirklich sehr einladend«, sagte Zoe.

»Allerdings.«

»Was steht dann da?«

»Wie jedes Jahr war der Herbst ins Land gezogen, und Mama Kaninchen hatte begonnen, den Bau für den Winterschlaf der Familie vorzubereiten.«

Bart blätterte um.

Die nächste Szene fand im Kaninchenbau statt, Mama Kaninchen trug eine hübsche Schürze und ein Hütchen auf dem Kopf. Sie zog die

Federbetten aus einem Schrank, ihre Kinder Flick und Flock halfen ihr dabei.

Neben dem Kamin, in dem ein Feuer brannte, saß Großvater Kaninchen in einem Schaukelstuhl und las die Zeitung. Es war klar, dass er der Großvater sein musste, denn er hatte einen langen weißen Bart und rauchte Pfeife. Großmutter Kaninchen war gerade dabei, einen Kuchen zu backen.

Auf dem Bild der nächsten Seite saß die ganze Familie beim Essen. Mama Kaninchen hatte eine dampfende Suppenschüssel auf den Tisch gestellt, die Kinder klopften mit ihren Löffeln gegen ihre Schalen. Beim Anschauen des Bildes hätte man sich am liebsten dazugesetzt. Bart las weiter.

»Seit er denken konnte, war Papa Kaninchen Briefträger. Niemand kannte den Wald besser als er, und die Waldbewohner schätzten ihn sehr. Er war ein freundliches Kaninchen, und mit jedem, der einen Brief bekam, hielt er ein kleines Schwätzchen. Wenn der Sommer kam, machte Papa Kaninchen mit seinen Kindern Ausflüge in die Umgebung. Er hatte ein feuerrotes Fahrrad, und Flick und Flock stritten immer darüber, wer hinten auf dem Gepäckträger und wer vorne auf der Lenkstange sitzen durfte.

Auch der Großvater war Briefträger gewesen, das war in der Familie Tradition. Kaninchen sind sehr schnelle Läufer, und bei Eilsendungen konnten sie mit den Pfoten auf den Boden klopfen, wie bei einem Fernschreiber, und auf diese Weise Nachrichten weitergeben.«

Vor dem nächsten Umblättern seufzten Bart und Zoe tief auf. Wie schön musste es sein, zu dieser Familie zu gehören!

Auf dem nächsten Bild war das Zimmer der Kaninchenkinder zu sehen. Es war ganz aus Holz, in der Ecke flackerte ein Feuer im Kachelofen. Die kleinen Betten, eines rosa und eines blau, standen nebeneinander. Flick und Flock lagen unter der Decke und hörten Mama Kaninchen zu, die ihnen eine Geschichte erzählte.

»Flick und Flock schliefen nie ohne eine Gutenachtgeschichte und ohne einen Gutenachtkuss ein. Die Phantasie von Mama Kaninchen war unerschöpflich, jeden Abend erfand sie eine neue Geschichte.«

Zoe flatterte mit den Flügeln. »Mir hat noch nie jemand eine Geschichte erzählt!«

Bart strich über das Bild und dachte voller Sehnsucht an Kapok. »Mir schon, aber das ist lange her.«

Vorsichtig blätterte Bart weiter. Jetzt saßen Mama, Papa und der Großvater zusammen am Küchentisch. Es war Abend, und Flick und Flock schliefen schon. Papa Kaninchen hatte seine Briefträgermütze auf dem Kopf, und Großvater Kaninchen machte Rauchwölkchen mit der Pfeife. Sie sahen besorgt aus.

»Eines Tages bekam Papa Kaninchen eine schlimme Nachricht«, las Bart, *»eine Nachricht, die das Leben der Familie für immer veränderte.«*

»Jetzt wird es spannend«, sagte Zoe, »schnell, lies weiter.«

Bart blätterte um und dann ... »Fertig, es gibt keine Seiten mehr!«

»Was? Das kann doch nicht sein. Geschichten haben immer ein Ende. Meine Großmutter sagte immer: ›*Wenn da ein Ei ist, muss da irgendwann auch eine Henne gewesen sein.*‹«

»Schau selbst, vielleicht sind die Seiten herausgerissen worden.«

Zoe steckte den Schnabel in das Buch.

»Oder sie sind noch nicht geschrieben worden.«

Es wurde spät an diesem Abend. Durch das schwere Essen und die aufregenden Erlebnisse fielen ihnen die Augen zu. Bart zog seinen Schlafanzug an, Zoe richtete das Nest neben seinem Kopfkissen. Dann legten sie sich hin und löschten das Licht.

»Nacht, Bart.«

»Gute Nacht, Zoe.«

Dann war es lange Zeit still. Man hörte nur die Geräusche der Stadt aus der Ferne. Dann sagte Zoe: »Bart ... Baarrt!«

»Mmm …«

»Schläfst du schon?«

»Nein, ich kann nicht einschlafen, mir geht so viel im Kopf herum.«

»Mir auch. Ich habe dich angelogen. Ich habe nie eine Großmutter gehabt und, ehrlich gesagt, auch keine Mama.«

»Hä? Bist du nicht aus einem Ei geschlüpft?«

»Natürlich, woraus denn sonst? Vielleicht aus einem Schuh? Aber ich habe keine Ahnung, wer dieses Ei gelegt hat. Niemand hat mich ausgebrütet, und als ich die Augen aufgemacht habe, weißt du, was ich da als Erstes gesehen habe?«

»Nein.«

»Eine riesige Lampe. Eine riesige Lampe und Tausende von verzweifelten Küken, die sich eng aneinanderdrückten.«

»Was war mit ihnen?«

»Sie suchten alle ihre Mama, genau wie ich.«

»Okay, aber wenigstens hast du viele Geschwister.«

»Nein, wenn du so viele hast, hast du eigentlich gar keine. Außerdem sind sie nicht mehr da.«

»Wo sind sie denn?«

»Sie liegen wahrscheinlich in irgendwelchen Tiefkühltruhen.«

Ein langes peinliches Schweigen folgte. Bart dachte darüber nach, dass er wahrscheinlich schon den einen oder anderen nahen Verwandten von Zoe auf dem Teller gehabt hatte.

»Baart …«

»Ja?«

»Glaubst du an Schicksal?«

»Was ist das? Ein Programm?«

»Ja, so etwas Ähnliches.«

»Und was ist es genau?«

»Na ja, plötzlich wird dir klar, was du machen musst und ... obwohl es nirgendwo geschrieben steht. Auch wenn es etwas ganz Verrücktes ist, machst du es.«

»Vielleicht war das bei mir so, als ich dich mitgenommen habe«, sagte Bart nachdenklich.

Zoe beugte sich aus ihrem Nest und begann zu erzählen. »Ich war in einem Käfig auf einem Lastwagen, zusammen mit vielen anderen Küken. Die Halle hinter uns war schon leer, und die Leute waren dabei, sie zu desinfizieren, für die nächste Ladung Küken. Wie schon gesagt, ich war im Lastwagen und habe durch die Gitterstäbe zum allerersten Mal die Welt gesehen. Den Himmel, die Bäume, die Vögel, die umherflogen. Ich wusste nicht, dass die Welt so groß und so schön ist. Das Sonnenlicht hatte ich vorher noch nie gesehen. Meine ersten sechzig Lebenstage verbrachte ich unter einer Lampe, mit weißen Wänden um mich herum. Da sagte irgendetwas in mir:
Hey, das kann es nicht gewesen sein. Deshalb fing ich an zu zappeln und zu wackeln, als ob mich eine Tarantel gestochen hätte.
Ich schüttelte und rüttelte, und schließlich hatte ich es geschafft:
Der Käfig kippte vom Lastwagen.«

Bart seufzte bewundernd auf.

»Das war sehr mutig. Du hättest von einem Auto überfahren werden können, oder einer wie Filiberto hätte dich finden können.«

»Weißt du, was meine Großmutter immer gesagt hat?«

»Hast du nicht gerade zugegeben, du hättest gar keine Großmutter?«

»Na ja, ich habe sie nicht gekannt, aber irgendwo muss es sie gegeben haben, genau wie meine Urgroßmutter und meine Ururgroßmutter.«

»Schon gut, und was hat sie gesagt?«

»Wer nicht wagt, der nicht gewinnt.«

»Stimmt«, sagte Bart und dachte an den Nachmittag im Schwimmbad, »ich kann das nicht. Ich habe vor allem Angst.«

»Wenn es drauf ankommt, dann nicht mehr.«

»Und woher weiß ich, wann es drauf ankommt?«

»Als ich mich vom Laster gestürzt hatte, wusste ich, dass jemand auf mich warten würde, dass jemand mich braucht.«

»Aber gesagt hat es dir niemand, richtig?«

Zoe nickte. »Vielleicht weiß das Herz mehr, als die Ohren hören.«

Es war schon drei Uhr morgens, und die Geräusche der Stadt waren verstummt. Bart streckte den Arm aus, um Zoe näher zu sich heranzuziehen.

»Kitzeln dich meine Federn auch nicht? Durch das Schaumbad sind sie etwas fluffiger geworden.«

»Nein, das passt schon. Schieb nur das Heu ein bisschen zur Seite, bitte.«

In dieser Nacht hatte Bart Albträume. Amaranta kam unverhofft nach Hause, aber es war nicht Amaranta, sondern eine Art Roboterhexe. Ihre langen Fingernägel waren aus Eisen, die scharfen Zähne aus Titan, und anstelle der Haare trug sie eine Perücke aus korallenroten

Schlangen auf dem Kopf, die sie irgendwann von sich schleuderte. Die Schlangen wirbelten auf ihn zu wie *Shuriken,* die Wurfklingen der Ninjas. Dann war er im Park. Filiberto und seine Freunde hatten Zoe gefangen genommen und wollten ihr den Hals umdrehen. Bart wollte sie retten, aber seine Arme und Beine waren bleischwer und gehorchten ihm nicht ...

10. Kapitel
Flucht aus dem verrückt gewordenen Haus

Bei Sonnenaufgang war das Problem Zoe immer noch nicht gelöst. Als Bart die Augen aufmachte, wurde ihm schlagartig klar, dass heute Donnerstag war und Amaranta morgen zurückkommen würde.

Als folgsames Kind hätte er Zoe längst vor die Tür gesetzt, ohne zu zögern.

Aber wie hätte er das anstellen sollen?

Es kam ihm vor, als hätte er zwei verschiedene Schuhe an den Füßen, die ihn in entgegengesetzte Richtungen zogen. Auf der einen Seite wollte er Amaranta zufriedenstellen, auf der anderen Seite weiter mit Zoe befreundet sein.

Wie sollte das gehen?

Zoe dagegen war bester Laune. Sie pickte Cornflakes aus der Schüssel, die Krümel flogen kreuz und quer über den Tisch.

»Was willst du zum Mittagessen? Soll ich eine afrikanische Pizza machen?«

»Afrikanisch?«, fragte Bart sofort.

»Ja, mit Baobabsprossen und Antilopenhufpulver. Vielleicht lege ich noch zwei Würstchen drauf. In die Schule gehen macht sicher sehr hungrig.«

Bart nickte, den Rucksack hatte er schon auf dem Rücken.

»Und was hast du vor? Wartest du auf mich?«, fragte er hoffnungsvoll, als er schon an der Tür stand.

»Wer soll denn sonst das Mittagessen machen? Warte, wo ist die Schürze? Ich will mir nicht die neuen Federn versauen.«

»Hinter der Küchentür«, antwortete Bart und lief das Treppenhaus hinunter.

Auf dem Schulweg kam ihm eine geniale Idee. Heute Nachmittag würde er mit Zoe in den Park gehen und mit ihr gemeinsam nach Würmern suchen. Für eine Henne, die ihr Leben in einer Fabrikhalle verbracht hatte, mussten die Rasenflächen und die Kieswege das Paradies sein. Oder jedenfalls fast. Im Park hätte sie sogar einen kleinen Teich, in dem sie jeden Tag baden und Wasser trinken konnte.

Bestimmt wäre es kinderleicht, sie davon zu überzeugen, dorthin zu ziehen, und er könnte sie jeden Nachmittag besuchen. Natürlich nur, wenn Zoe dort blieb. Er könnte ihr sogar ein kleines Häuschen unter einem Busch bauen. Da sich auch Filiberto mit seiner Bande im Park herumtrieb, war es wichtig, einen Unterschlupf zu haben. Und er könnte Zoe Herrn Lu anvertrauen.

Er war sicher, dass Tien Lu mit seinem geheimnisvollen Sack irgendwo im Park leben musste.

Auf dem Nachhauseweg fühlte sich Bart wunderbar leicht. Gut zu wissen, dass es für jedes Problem eine Lösung gab, auch wenn es noch so schwierig erschien. Man musste nur gelassen bleiben.

Beim Mittagessen würde er zu Zoe sagen: »Heute Nachmittag machen wir einen Ausflug.« Sie würde glücklich mit den Flügeln schlagen, und alles würde gut werden.

Bart ging pfeifend die Treppe hinauf, aber als er sich der Wohnung näherte, erstarb ihm das Pfeifen auf den Lippen. Aus der Wohnung waren grauenvolle Geräusche zu hören. Zischen, Brummen, Klirren, Heulen.

Rumms! Knirsch! Knallbumm!

Dieser Höllenlärm konnte unmöglich von der afrikanischen Pizza in der Mikrowelle kommen. Er riss die Tür auf und brüllte: »Zoe!«

Aus dem Wohnzimmer waren Schreie zu hören: »Hilfe, Sahib, Hilfe!«

Bart sah, wie seine Freundin von zwei Foxtrott tanzenden Stühlen verfolgt wurde. Es ging drunter und drüber, in der ganzen Wohnung herrschte totales Chaos. Ein Tohuwabohu! In der Kommandozentrale der Haustechnik mussten die Sicherungen durchgebrannt sein! Die Tür des Gefrierschranks stand sperrangelweit offen, die Pizzen und andere Tiefkühlgerichte flogen wie Frisbeescheiben durch die Luft, die elektrische Zahnbürste schrubbte den riesigen Bildschirm im Wohnzimmer, die Klorollen kullerten durchs Zimmer und hinterließen meterlange Papierbahnen, die sich wie Anakondas auf dem Boden entlangschlängelten. Die Klobrille hielt sich für einen Baseballschläger und pfefferte in einer perfekten Flugbahn braune Knetwürstchen auf die Terrasse.

Die mit Sensoren bestückten Matratzen und die Sofapolster waren zum Leben erwacht und tanzten wie wild durch den Raum. Barts Matratze dagegen lehnte am Balkongeländer und bewunderte die Aussicht, während Amarantas Matratze in einer riesigen Schaumwolke im Whirlpool schwamm. Sie hatte beschlossen, ein Entspannungsbad zu nehmen.

Natürlich spielten auch die Bildschirme verrückt. Der riesige Plasmafernseher, die Stereoanlage, die Computer und die Tablets überall in der Wohnung zeigten Sendungen, die sie sich selbst ausgesucht hatten, und das auf maximaler Lautstärke. Die bunten Stroboskoplichter zuckten wie Samuraischwerter durch das Wohnzimmer.

Die Wohnung glich einem Schlachtfeld! Bart war fassungslos.

»Sahib! Hilfe!« Zoe flog schnatternd in seine Arme. »Sag die Zauberformel! Mach, dass das aufhört!«

»Sag mir eher, was du gemacht hast«, schrie Bart, so laut er konnte, um das Getöse zu übertönen.

»Nichts Besonderes.«

»Wie, nichts Besonderes? Und was ist das hier?«

»Da waren blinkende rote Dinger, die aussahen wie Kirschen. Ich hatte Hunger und habe sie angepickt, aber nur ein bisschen. Leider waren es keine Kirschen.«

»Oh nein! Das war die Schaltzentrale, das Gehirn des ganzen Systems hier!«

»Ehrlich gesagt, viel Hirn scheint das nicht zu haben.«

»Sehr witzig.«

»Keine Zauberformel?«

»Nein.«

»Vielleicht ... Stopp? Halt?«

»Nein, keine Chance«, seufzte Bart. »Man muss alles neu programmieren. Und das kann nur Amaranta.«

»Gibt's keine Reset-Taste?«

»Nein.«

»Meine Großmutter hat immer gesagt ...«

»Kannst du bitte einmal den Schnabel halten?«

»Wenn es kein Zurück gibt, muss man nach vorn gehen.«

»Sei endlich still.«

Ein tiefes Brummen am Himmel verkündete das baldige Eintreffen eines Hubschraubers. Die anderen Hausbewohner sammelten sich auf der Treppe, um die Ursache der seltsamen Geräusche zu erkunden.

»Was ist denn los?«, fragte einer den anderen.

»Ein Anschlag?«

»Brennt es im obersten Stockwerk?«

»Gespenster?«

Bart ging auf die Terrasse, Zoe hielt er auf dem Arm. Auch auf der Straße hatten sich Nachbarn versammelt. Sirenen heulten, überall Blaulicht, Feuerwehr, Notarzt, Polizei. Die Schaltzentrale der Wohnung war mit der Notrufzentrale vernetzt.

Auch ein Heer von Kameraleuten war vor Ort. Vielleicht entwickelte sich das Ganze zu einem tragischen Ereignis, über das es sich zu berichten lohnte? Barts Beine waren wie Wackelpudding, er konnte nicht mehr klar denken. Was jetzt?

Was würde mit ihm geschehen?

Die Feuerwehr breitete gerade das Sprungtuch aus, als ein Taxi mit quietschenden Reifen um die Ecke gebogen kam. Amaranta sprang heraus, und sie sah genau so aus wie die Roboterhexe aus seinem Albtraum. Ihr Gesicht war dunkelrot vor Wut, und ihre Haare hatten sich in korallenrote Schlangen verwandelt.

Sie hatte zwei Männer bei sich, die Bart nicht kannte. Die drei rannten die Treppen hoch. »Was jetzt?«, stammelte Bart, er zitterte vor Angst.

»Mir nach!«, befahl Zoe.

»Wo… wohin?«

»Komm einfach mit und frag nicht lang, klar?«

»Ooo…kay.«

Zurück im Wohnzimmer klappte Zoe das große Buch auf, das auf dem Boden lag, kletterte auf den Tisch und rief: »Jetzt!« Und mit einem mutigen Sprung landete sie im Inneren des Buches.

Huuuiiiii!

Zoe war vor seinen Augen verschwunden, in weniger als einer Sekunde. Sie war einfach weg, das Buch hatte sie verschluckt. Unglaublich!

Als ob es sie nie gegeben hätte. Bart war wie vor den Kopf geschlagen. Wie war das möglich? War es wirklich passiert?

»Mir nach!«, hatte Zoe noch gerufen, aber wohin?

Amarantas hastende Schritte und die ihrer beiden Begleiter kamen bedrohlich näher. Er hatte nur Sekunden, um sich zu entscheiden. Wie aus einem tiefen Brunnen hörte er Zoes Stimme:

»Bart, spring! Spring!«

Bart kletterte auf den Tisch, schloss die Augen und sprang mit einem perfekten Kopfsprung ins Innere des Buches.

Huuuiii!

11. Kapitel
Ein seltsamer Ort

Wuschhuuiii schrapphuuuiii!

Bart verstand jetzt, wie sich eine Banane im Mixer fühlen musste, oder ein Goldfisch, den man aus Versehen in den Abfluss geschüttet hatte. Er fiel in die Tiefe, überschlug sich, rutschte und schlitterte. Manchmal ging's in eine Kurve, dann geradeaus, dann wieder kopfüber, als wäre er ein Turmspring-Champion.

Um ihn herum war es stockfinster. Obwohl er mehrere Male gegen etwas prallte, tat er sich nicht weh, die Wände des Strudels waren weich und elastisch. Erst in den letzten Sekunden seiner Reise in die Tiefe roch er feuchte Walderde, Moos und Blätter ...

Sbong gpuuuuf bungg!

Urplötzlich war es vorbei, helles Licht stach ihm in die Augen. In seinem Kopf drehte sich alles, als hätte er eine Fahrt in der größten Achterbahn der Welt hinter sich.

Er wusste nicht mehr, wo oben und unten war. Sein Mageninhalt drängte nach draußen und machte kurz vor seinen Ohren halt.

»Milchgesicht! Milchgesicht!«

Von irgendwo war Zoes Stimme zu hören, aber er konnte sie nicht sehen.

»Alles in Ordnung?«

Bart tastete seinen Körper ab, um zu prüfen, ob er verletzt war. »Im Großen und Ganzen schon«, sagte er und blickte sich um. Irgendetwas hatte ihn gebremst, aber er wusste nicht, was. Er bemerkte er, dass seine Hände komplett schwarz waren.

»Wo ... wo bin ich?«

»In einem Schornstein! Du sitzt mitten in einem Schornstein!«

»Ein Schornstein?«, wiederholte Bart alarmiert, sah seine Freundin aber noch immer nicht.

»Ja, aber er ist kalt«, beruhigte ihn Zoe.

Endlich gewöhnten sich seine Augen an die Dunkelheit. Zoe saß vor ihm, auch sie war von unten bis oben mit Ruß bedeckt. Aber da war noch jemand. Jemand, der ihm die Hand reichte, damit er aus dem Schornstein krabbeln konnte. Als Erstes erkannte er den Zipfel der Schürze. Mama Kaninchen! Die Hand war eine Vorderpfote!

Schlagartig wurde ihm klar, warum es während seines Sturzes nach Wald gerochen hatte. Der Schornstein, durch den sie gefallen waren, gehörte zum Haus von Papa Kaninchen, dem Briefträger. Die ganze Familie saß um den Tisch, und alle blickten Bart und Zoe besorgt an.

Mama Kaninchens Stimme klang freundlich und warmherzig.

»Wir waren ein wenig in Sorge«, sagte sie und reichte Bart einen

Lappen, damit er sich sauber machen konnte. »Wir hatten euch schon gestern erwartet.«

»Wir haben deshalb den Kamin schon zwei Tage nicht mehr angemacht«, erklärten Flick und Flock, die beiden Kaninchenkinder.

»Übertreibt mal nicht«, protestierte Zoe, »ich bin eine Henne und kein Schweizer Uhrwerk!«

»Das Wichtigste ist, dass ihr jetzt da seid«, schaltete sich Großmutter Kaninchen ein und zog eine Auflaufform mit dampfender Lasagne aus dem Ofen.

Vor dem Essen prosteten sie sich zu. Bart hatte in seinem Leben noch nie Wein getrunken, aber er dachte, dass Wein von Kaninchen wohl kaum mehr als gepresster Karottensaft sein konnte, was ihm bestimmt nicht schaden würde.

Er hob sein Glas.

»Auf Bartolomeo!«, sagte der Großvater mit lauter Stimme. »Auf Bartolomeo, unseren Retter!«

Bart blieb die Luft weg. Seine Beine wurden weich, vor seinen Augen verschwamm alles. Und wenn das kein Karottensaft, sondern Gift gewesen war? Er schaute zu Zoe, die ihm gegenübersaß und es sich schmecken ließ. Wenn sie so vergnügt war, musste er sich auch keine Sorgen machen. Schließlich hatte sie ihn in dieses Abenteuer gestürzt, jetzt musste er ihr auch vertrauen. Er hatte gar keine andere Wahl.

Die Gemüselasagne schmeckte fantastisch. Danach gab es ein Radieschensoufflé und zum Abschluss eine Biskuitrolle mit Walderdbeeren und Sahne.

Bart war todmüde.

Die aufregenden Erlebnisse, das gute Essen und der Karottenwein sorgten dafür, dass ihm die Augen zufielen.

»Bart, mein Lieber, willst du ein Nickerchen machen?«, fragte Mama Kaninchen.

Dann nahm sie ihn bei der Hand und brachte ihn zu einem Bett neben dem Fenster, auf dem eine grüne Daunendecke lag, das Laken war aus kuscheligem Flanell.

»Hier kannst du schlafen, das habe ich extra für dich gemacht«, sagte Mama Kaninchen.

Bart ließ sich ins Bett plumpsen. Eigentlich müsste er von dem, was alles passiert war, aufgewühlt und erschüttert sein, aber in Wahrheit fühlte er sich entspannt und glücklich. Bevor er die Augen schloss, sah er ein Eichhörnchen auf einem Ast und eine Eule, die ihn durchs Fenster aufmerksam beobachtete. Am Himmel, den er zwischen den hohen Bäumen sehen konnte, leuchteten die Sterne.

»Wie viel Zeit wohl vergangen ist?«, fragte er sich.

Aber was war das eigentlich, die Zeit?

Irgendetwas musste in diesem Wein gewesen sein oder vielleicht in der Biskuitrolle, dachte er, bevor er in einen tiefen Schlaf fiel.

Schon bald gesellte sich Zoe zu ihm und rollte sich auf der rechten Seite seines Kopfkissens zusammen.

In dieser Nacht träumte Bart, er sei im Chinesischkurs. In der Hand hatte er einen riesigen Pinsel, der eher wie ein Pfahl aussah.

»Wo ist das Papier?«, fragte er den Meister, denn es war klar, dass er ein Blatt von enormen Ausmaßen brauchte, um die Ideogramme zu schreiben, aber der Meister lächelte geheimnisvoll, genau wie Meister Lu.

»Dein Papier ist die ganze Welt.«

Dann klatschte er dreimal laut in die Hände und sagte: »Heute lernen wir das Zeichen für *Retter.*«

»Das haben wir noch nie gemacht, das kann ich nicht«, wagte Bart zu protestieren.

Da ihm der Meister nicht zuhörte, klatschte Bart dreimal in die Hände.

Klatsch klatsch klatsch.

Der Meister verschwand, und an seiner Stelle tauchte Kapok auf. Auch er hatte einen Pinsel in der Hand und ließ ihn auf einem riesigen Bogen Papier tanzen.

Aus dem Tanz entstand ein prachtvolles Ideogramm. »Retter.«

»Gerettet ...«, dachte Bart.

In diesem Moment weckte ihn ein lautes Geräusch.

Kikeriki! Kikeriki!

Bart riss die Augen auf.

Zoe hockte ihm gegenüber auf dem Bettgestell.

»Toll, was?« Sie plusterte sich auf. »Sag schon, du hast mich bestimmt für einen Hahn gehalten, was?«

Noch ganz benommen setzte sich Bart im Bett auf. Was war geschehen? Wo war sein Zuhause? Wo war sein Leben?

»Zoe, aber wo ...?«

»Hast du die Regel immer noch nicht kapiert? Erst essen, dann Fragen stellen.«

»Kommt, Frühstück ist fertig«, sagte Mama Kaninchen genau in diesem Moment. »Heiße Schokolade und frisch gebackene Brötchen mit Heidelbeermarmelade. Ich hoffe, ihr mögt das.«

»Und wie!«

Bart war hungrig wie ein Wolf. Zoe hatte recht, unverhoffte Abenteuer machten Appetit. Seine Freundin saß ihm gegenüber, vor sich eine riesige Schüssel mit Regenwürmern und verschiedenen Insekten. Sie schmatzte genüsslich.

»Das war aber sehr nett von Herrn Igel«, sagte sie mit vollem Mund. »Dass er mir all diese ... schmatz ... Leckerbissen vorbeigebracht hat.«

»In unserer Welt ist Gastfreundschaft heilig«, erklärte Großvater Kaninchen aus seinem Schaukelstuhl.

»In unserer Welt? Was für eine Welt ist das?«, fragte Bart, der gerade sein letztes Brötchen verdrückt hatte.

Papa Kaninchen, der seine Briefträgermütze auf dem Kopf trug, legte einen Finger auf die Lippen. »Das besprechen wir, wenn die Kinder in der Schule sind.«

Nach kurzer Zeit tauchten Flick und Flock auf, sie trugen ihre Ranzen auf dem Rücken. Großmutter Kaninchen gab ihren beiden Enkelkindern ein Stück Karottenkuchen.

»Euer Pausenbrot. Und schön brav sein, ja?«

»Klar, wissen wir doch«, antworteten sie im Chor.

»Vor allem geht mit niemandem mit!«

Mama Kaninchen brachte die beiden an die Tür und winkte ihnen nach, bis sie im Wald verschwunden waren.

Sie setzten sich rund um den Kamin, in dem jetzt ein Feuer brannte. Sie erwarteten ja niemand mehr. Zoe hatte es sich auf der Lehne des Schaukelstuhls bequem gemacht und hielt ein Verdauungsschläfchen nach dem üppigen Frühstück.

»Wollt ihr mir jetzt sagen, wo ich hier gelandet bin? Was sind das alles für Geheimnisse?«, fragte Bart.

Papa Kaninchen ergriff das Wort.

»Du bist im Land der Einsiedler, Bart.«

»Im Land der Einsiedler?«, wiederholte er, dabei fiel ihm das Buch wieder ein. *Im Land d… Einsi…* Das war es also, was auf dem Einband gestanden hatte, bevor die letzten Buchstaben abgeblättert waren.

Fragen über Fragen überschlugen sich in seinem Kopf.

»Was bedeutet Land der Einsiedler?«

»Das bedeutet, dass wir die Einzigen sind, die noch ein solches Leben führen«, antwortete Großvater Kaninchen.

»Wir sind ganz alleine. Und wir werden immer weniger«, fuhr Papa Kaninchen fort und schluckte, »wahrscheinlich halten wir nicht mehr lange durch. Die Zerstörung um uns herum wird jeden Tag größer.«

»Wir sind wie eine Insel«, fügte Mama Kaninchen hinzu, die ihr Strickzeug ausgepackt hatte, »um uns herum ist ein Meer aus Nebel.«

»Und wenn auch unser Reich mit Nebel bedeckt sein wird«, sprach Papa Kaninchen weiter, »dann wird es nicht mehr Tag und Nacht, kein Oben und Unten mehr geben, kein Norden und Süden, kein Vorher, kein Nachher und kein Jetzt, und niemand wird sich noch daran erinnern, dass es uns einmal gegeben hat.«

Bart erinnerte sich an die Stelle, die er Zoe vorgelesen hatte. Papa Kaninchen machte sich in der letzten Szene des Buches über etwas Sorgen, was passieren würde. Es lief ihm eiskalt über den Rücken: Danach hatte die Geschichte einfach aufgehört.

»Und was habe ich …«, fragte er schüchtern, »mit alldem zu tun?«

»Du«, sagte Großvater Kaninchen mit ernster Stimme, »bist der Einzige, der uns retten kann.«

Bart spürte, wie sich Widerstand in ihm regte.

»Aber was soll ich denn machen? Ich habe mit euch doch gar nichts zu tun!«

Mama Kaninchen schaute ihn traurig an: »Ist es dir denn ganz egal, was aus uns wird?«

Barts Herz zog sich zusammen.

»Nein, das wollte ich nicht sagen. Aber ich …«

In diesem Moment schaltete sich Zoe ein.

»Weißt du, was meine Großmutter immer gesagt hat? Wenn du in der Arena stehst, dann musst du kämpfen, auch wenn du eine Henne und kein Hahn bist. Und deshalb, Milchgesicht, Schluss mit dem Zaudern und Zögern!«

»Die fehlenden Seiten im Buch …«, stammelte Bart.

»Die musst du schreiben«, sagte Zoe von der Stuhllehne aus.

Bart seufzte abgrundtief. »Aber ich bin kein Held.«

»Na ja, du kannst lernen, einer zu werden.«

Bart hüllte sich lange Zeit in Schweigen, man hörte nur das Holz im Kamin knistern und Großvaters Schaukelstuhl quietschen.

Quieetsch quieetsch.

»Was geschieht hier?«, fragte Bart schließlich, mit einer festen Stimme, die er gar nicht von sich kannte. »Und warum … warum passiert mir das?«

»Hat die Henne ein Ei gelegt, so gackert sie«, meinte Zoe.

»Hab ich doch gar nicht«, gab Bart genervt zurück.

Papa Kaninchen schaltete sich ein. »Schau mal, wir sind nur Kaninchen, wir können springen, graben und klar und deutlich sehen, was zwischen unseren Ohren und unseren Pfoten passiert ...«

»Wir wissen, *was* passiert«, fuhr Großvater Kaninchen fort, »aber wir wissen nicht, *warum*.«

»Und deshalb brauchen wir jemanden, der ...«

Er wurde von einem Klopfen am Fenster unterbrochen.

Tock tock tock.

»Oh, da ist Meister Specht!«, rief Mama Kaninchen. »Er bringt uns einen Brief.«

Sie ging hinaus, zog ihm den Brief aus dem Schnabel und übergab ihn ihrem Mann.

Papa Kaninchen überflog den Inhalt. »Es ist so weit. Wir müssen gehen.«

Großmutter Kaninchen reichte Bart eine Umhängetasche mit einem belegten Brötchen und einer Trinkflasche.

»Für die Reise, es kann ein bisschen dauern.«

»Wohin gehen wir?«

Papa Kaninchen rückte seine Mütze zurecht. »Ich bringe euch dorthin, wo die Dinge klarer werden.«

Zoe landete auf Barts Schulter. »Ich bin bereit«, rief sie. »Sehe ich aus der Ferne nicht wie ein Falke aus?«

12. Kapitel
Die Reise durch das Land der Einsiedler

Nachdem Bart, Zoe und Papa Kaninchen das Haus verlassen und die Lichtung überquert hatten, bogen sie in einen Weg ein, der direkt in den Wald führte. Ganz allmählich schluckte die Dämmerung das Licht.

Mächtige Bäume säumten den Weg, ihre Stämme waren moosbedeckt. Bart strich darüber, es fühlte sich samtweich an.

Auch der mit Blättern bedeckte Boden war weich, er glaubte auf einer Schaumstoffmatratze zu gehen.

»Schade, dass wir hier kein Picknick machen können«, meinte Zoe, die auf Barts Schulter hockte.

Nach und nach gewöhnte sich Bart an das Dämmerlicht, und er bemerkte, dass sie durch das Blätterdach neugierig beäugt wurden. Dachse, Igel, Eichhörnchen, Spechte und Eulen, alle wollten wissen, wer da unterwegs war.

Plötzlich glaubte er sogar, leise Stimmen zu hören. Sie schienen zu sagen: »Viel Glück ... viel Glück! Möge der Himmel euch beschützen!«

»Sprechen sie von uns?«, fragte Bart.

»Ja, sie wünschen uns eine gute Reise«, antwortete Papa Kaninchen.

Sie gingen lange schweigend durch das Halbdunkel.

Mit der Zeit spürte Bart, wie seine Beine weich wurden. Natürlich lag das an der Müdigkeit, aber es kam ihm so vor wie die Angst auf dem Sprungbrett.

Vor ihm öffnete sich eine unbekannte Welt, und er war überzeugt, dass er der Aufgabe nicht gewachsen sein würde. Die Erwartungen der anderen verstärkten das Zittern noch.

Dann kamen sie an eine Stelle, wo der Wald nicht ganz so dicht war und die Sonnenstrahlen wie goldene Speere durch die Baumwipfel drangen. Dort blieben sie stehen, um sich auszuruhen.

Bart aß ein halbes Brötchen, während Zoe ein bisschen um ihn herumhüpfte. Papa Kaninchen knabberte eine Karotte, trank einen Schluck aus seiner Flasche und empfahl Bart, das Gleiche zu tun, denn jetzt würde der Weg schwerer werden.

Bart trank ebenfalls, aber nach dem ersten Schluck hätte er am liebsten alles wieder ausgespuckt. Das war ja widerlich!

»Was ist das? Wasser jedenfalls nicht.«

»Kaninchenelixier.«

»Was ... aber ich ...«, wollte Bart protestieren, doch dann dachte er an den Spitznamen, den Filiberto ihm gegeben hatte.

Er hustete.

»Ähm ... und was hat das für eine Wirkung?«

Papa Kaninchen machte sich die Schnurrhaare mit den Vorderpfoten sauber und sagte: »Bei drohenden Gefahren können auch Kaninchen die Krallen ausfahren.«

Bart nahm zwei große Schlucke und spürte, wie seine Beine wieder sicherer wurden.

Sie liefen weiter.

Obwohl das Blattwerk sich immer weiter lichtete, wurde es nicht wirklich heller, alles schien in einem milchigen Nebelmeer zu ertrinken.

Als selbst die Ränder des Weges kaum noch zu erkennen waren, blieb Papa Kaninchen stehen und befahl: »Ihr wartet hier, bewegt euch nicht vom Fleck.« Dann verschwand er im Nebel.

Nach einer Weile tauchte er wieder auf und schob ein rotes Fahrrad.

»Das benutze ich nur für außergewöhnliche Aufgaben«, sagte er und fuhr mit der Pfote über den Sattel, um ihn von den daraufliegenden Blättern zu befreien.

»Außergewöhnliche Aufgaben? Was meinst du damit?«, fragte Bart beunruhigt.

»Außergewöhnlich, das heißt, nicht in unserem Wald. Alles, was ich nicht zu Fuß erreichen kann.«

Papa Kaninchen zog eine Luftpumpe aus der Tasche, schraubte die Ventilkappen ab und pumpte mit kräftigen Bewegungen die Reifen auf. Dann nahm er das Fahrrad am Lenker und schob es den Weg entlang. Bart und Zoe folgten ihm.

Bart schaute sich um und hatte den Eindruck, jemand hinter ihm würde alles mit einem riesigen Radierer ausradieren. Es fiel ihm schwer, einen Schritt vor den anderen zu setzen. Nach ein paar Minuten blieb Papa Kaninchen stehen.

»Wir sind da«, sagte er und stieg auf das Fahrrad.

»Wo denn?«, wollte Bart gerade fragen, aber als er um sich blickte, verstummte er. Die ganze Welt schien verschwunden zu sein, verschluckt von einer Quellwolke, die ihm wie ein gigantischer Schlagsahneberg vorkam.

»Und wir?«, fragte er unsicher.

Papa Kaninchen klingelte. »Aufsteigen, es geht los!«

»A... aber wohin denn?«

Papa Kaninchen zeigte auf die Stange. »Setz dich.«

»Und ich?«, fragte Zoe.

»Such es dir aus, Lenker oder Gepäckträger.«

»Lenker«, rief Zoe, flatterte hoch und machte es sich dort bequem, »dann könnt ihr mich sehen. Und wenn ihr mich nicht mehr seht, dann macht ihr euch immerhin Sorgen.«

Der Platz auf der Stange war ziemlich ungemütlich, Bart hatte ständig das Gefühl, das Gleichgewicht zu verlieren. »Es gibt hier nicht zufällig einen Sicherheitsgurt?«, fragte er hüstelnd.

Im gleichen Augenblick begann Papa Kaninchen in die Pedale zu treten, nachdem er sich die Postmütze zurechtgerückt und seine Schutzbrille aufgesetzt hatte.

Oder vielleicht Airbags?, dachte Bart, hatte aber nicht den Mut zu fragen.

Einige Minuten lang waren sie auf der steinigen Piste unterwegs, als das Schlingern plötzlich schlimmer wurde.

Es fühlte sich an, als ob ein Flugzeug startete, fand Bart und sah

sich um. Sie waren vollkommen in der Schlagsahnewolke verschwunden.

Plötzlich krampfte sich Barts Magen zusammen, das Schlingern hörte auf und verwandelte sich in ein sanftes Vibrieren.

»Oh, Milchgesicht, ich fass es nicht!«, rief Zoe. »Alle meine Hühnersensoren sagen mir, dass wir fliegen! Yuhuu! Ich hätte nie zu träumen gewagt, dass ich dieses Glück jemals in meinem Leben erleben würde! Niemals!«

»Geht mir auch so«, antwortete Bart. »Und dann auch noch auf der Stange eines Fahrrads!«

»Aber du hast keine Flügel, deshalb kannst du nicht wirklich verstehen, wie frustierend das für mich war!«

»Wieso frustrierend?«

»Obwohl ich Flügel habe, kann ich nicht fliegen!«

Unterdessen hatte sich die Wolke etwas gelichtet, und man konnte an einigen Stellen schon den blauen Himmel sehen. Papa Kaninchen trat weiter kräftig in die Pedale und klingelte hin und wieder, wenn ihnen ein Schwarm Gänse oder Schwalben entgegenkam. Bart spürte die Angst in jeder Faser seines Körpers, und doch bewegte ihn am meisten die Frage, die ihm niemand beantwortet hatte: Wohin brachte sie Papa Kaninchen?

Endlich war unter ihnen etwas zu erkennen, und dieses Etwas sah aus wie eine Wüste. Eine Wüste mit riesigen Sanddünen und grün schimmernden Oasen, in denen es blinkte und blitzte.

Papa Kaninchen bremste, während die Erdoberfläche immer näher kam.

»Wir werden abstürzen«, dachte Bart, kniff die Augen fest zusammen und umklammerte den Lenker.

Aber statt eines Aufpralls hörte das Quietschen der Bremsen auf, und schon bald war wieder das Surren der Pedale zu hören. Papa Kaninchen hatte nur den Kurs geändert.

Jetzt flogen sie etwa fünf Meter über dem Boden, und Bart konnte die herrliche Landschaft unter sich genießen. Wie die Sahara sah das nicht aus, eher wie die Wüste in Chile. Riesige Kakteen reihten sich aneinander, auf den glutroten Blüten schwirrten leuchtend bunte Kolibris herum.

Zoe flatterte glückstrahlend mit den Flügeln.

»Wenn ich das meinen Enkeln erzähle! Das glauben die mir nie!«

»Aber du hast gar keine Enkel!«, stellte Bart klar.

»Noch nicht. Ich habe ja noch mein ganzes Leben vor mir.«

In diesem Augenblick gewann das Rad wieder an Höhe und verschwand in einer anderen Schlagsahnewolke.

Als sie die Wolke passiert hatten, war die Wüste verschwunden, dafür war das satte Grün eines tropischen Dschungels zu erkennen, der von Affen und farbenfrohen Vögeln bevölkert wurde. Papa Kaninchen zog das Rad wieder nach unten, und nach einer Weile streiften die Räder fast die Baumwipfel.

»Das ist der Dschungel der Dschungel«, erklärte er und deutete mit der Pfote nach unten, »und vorher haben wir die Wüste der Wüsten gesehen.«

»Aber wo ... sind wir?«, fragte Bart verwirrt.

»Überall und nirgends«, antwortete das Kaninchen, »wir sind in dem Teil des Landes, der noch Widerstand leistet.«

Die Reise durch die Lüfte ging weiter, und sie überflogen bald darauf die Arktis der Arktisse, eine grenzenlos scheinende Eiswüste.

Bart fragte sich, ob das ganze Spektakel nicht doch ein Nervenkitzel für Abenteuertouristen war, und genau in dem Moment verschwand das Fahrrad in einer dunklen Wolke. Es wurde in ein Luftloch gesogen und begann sich um sich selbst zu drehen, wie eine Orange im Mixer, um dann holprig auf einem Sandstrand zu landen. So sah ihr Landeplatz wenigstens aus.

Papa Kaninchen zog die Schutzbrille ab.

»Geschafft«, verkündete er zufrieden.

»Heißt das, wir sind da?«, fragte Bart enttäuscht. »Wir haben diese ganze Reise gemacht, nur um an den Strand zu fahren?«

Papa Kaninchen schüttelte so energisch den Kopf, dass seine Ohren wackelten. »Die Reise endet hier nicht, für euch geht sie erst richtig los.«

»Und warum sind wir dann gelandet?«

»Stimmt, warum?«, protestierte auch Zoe. »Das Fliegen war so schön.«

»Tut mir leid, aber mit dem Fahrrad kommen wir nicht weiter. Andere Luftdichte.«

Zoe blickte verblüfft in Richtung Meer: »Nun ja, da vor uns nur Wasser ist, werden wir ab jetzt wohl schwimmen müssen. Und da sage ich klipp und klar: Auf mich könnt ihr nicht zählen, ich bin keine Ente und schon gar keine Möwe. Ehrlich gesagt, ich hätte nichts dagegen, ein Schwan zu ...«

»Das musst du auch nicht«, unterbrach sie Papa Kaninchen, legte die Pfoten an den Mund und pfiff.

Nach einer Weile kräuselte sich das Wasser vor ihnen, zwei riesige Schildkröten tauchten auf. Sie glichen sich wie ein Ei dem anderen. Bart war sofort klar, dass es Mutter und Tochter waren.

»Willkommen!«, sagten die beiden freundlich und luden sie mit einer Bewegung der Vorderbeine ein, auf ihre Panzer zu steigen.

Es war gar nicht so einfach, auf einem glitschigen Schildkrötenrücken Halt zu finden, aber immer noch besser, als schwimmen.

Hin und wieder wurden sie ein Stück von einem Delfin begleitet, der ihnen mit seiner näselnden Stimme »Danke! Danke!« zurief.

Noch vor Sonnenuntergang tauchte am Horizont eine Insel auf. Sie war nicht gerade groß und sah aus, als wäre sie einfach auf die Wasseroberfläche gelegt worden. In der Mitte ragte ein kleiner Berg hervor, mit einer weiten Öffnung in der Spitze. Vielleicht ein Vulkan? Straßen und Häuser schien es nicht zu geben. Die Insel wirkte unbewohnt. Als die beiden Schildkröten den Strand erreichten, musste Papa Kaninchen nichts mehr sagen. Bart wusste, dass sie am Ziel waren.

13. Kapitel
Wiedersehen mit Meister Lu

Der Sand unter ihren Füßen war warm, und um sie herum wuchsen Kokospalmen und Bananen. Eine der Schildkröten war bei ihnen geblieben und futterte ein paar Algen. Bart war verwirrt. Und wenn das eine Falle war? Wenn Papa Kaninchen ihn hier alleine zurückließ? Aber wer sollte sich einen solchen Plan ausgedacht haben und vor allem, wozu?

Da bemerkte er einen Mann, der am Strand auf sie zukam.

»Bestimmt ein Schiffbrüchiger«, dachte Bart. »Wahrscheinlich werde ich auch so enden.«

Doch kaum hatte er diesen Gedanken zu Ende gedacht, jubelte er überrascht: »Tien Lu!«

Kein Zweifel, er war es.

Der alte Mann lief über den Sand, als wäre er im Park, mit leichten, lockeren Schritten und dem gleichen rätselhaften Lächeln auf den Lippen.

»Er hat die Antwort auf alle eure Fragen«, flüsterte Papa Kaninchen Bart zu. »Er weiß alles, auch das, was andere nicht wissen.«

Als der Chinese vor ihnen stand, verbeugte sich Papa Kaninchen tief.

»Meister Lu.«

Der Meister verbeugte sich seinerseits.

»Langes Warten hat ein Ende.«

In einer Hütte nahe am Strand aßen sie eine Kleinigkeit und unterhielten sich. Dann verbeugte sich Papa Kaninchen wieder vor Meister Lu.

Zu Bart und Zoe gewandt, sagte er: »Zeit zu gehen für mich. Ich übergebe euch in gute Hände.« Mit diesen Worten nahm er Bart fest in seine pelzigen Pfoten. Die innige Umarmung verriet Bart, was im Herzen von Papa Kaninchen vorging.

Zoe, die in dem Wäldchen nach Würmern suchte und gerade ein Prachtexemplar verspeiste, flatterte herbei, um sich ebenfalls zu verabschieden.

»Adieu, Papa Kaninchen. Nochmals vielen Dank für das leckere Essen!«

»Ich danke dir, Zoe. Du bist wirklich eine ganz besondere Henne.«

»Du bleibst also hier bei mir?«, fragte Bart und drehte sich zu Zoe um.

»Warum sollte ich ein so paradiesisches Fleckchen Erde verlassen?

Und habe ich nicht mein Nest neben dein Kissen gebaut? Eine gut erzogene Henne verlässt ihr Küken niemals!«

»Wage es nicht noch mal, mich vor Meister Lu Küken zu nennen«, zischte er ihr ins Ohr.

Als Papa Kaninchen auf dem Rücken der Schildkröte am Horizont verschwunden war, brach die Nacht herein. Bart, Zoe und Meister Lu gingen in die Hütte, um sich schlafen zu legen.

»Sind wir immer noch im Land der Einsiedler?«, fragte Bart, bevor ihm die Augen zufielen. Er hatte sich in ein riesiges Bananenblatt eingerollt.

»Ja«, antwortete Lu, »am äußersten Zipfel.«

Als Bart am nächsten Morgen aufwachte, war die Hütte leer. Er ging zum Strand und sah, wie Meister Lu mit einem Stock Ideogramme in den Sand zeichnete.

Er erkannte »Himmel«, »Erde« und »Mensch«.

Als sich Lu danach im warmen Sand niederließ, setzte sich Bart neben ihn.

Nachdem sie eine Weile geschwiegen hatten, traute sich Bart endlich zu fragen.

»Wovon wird das Land der Einsiedler eigentlich bedroht?«

Lu seufzte so tief, als würde ihm ein riesiger Stein auf dem Herzen liegen. Sein Blick fixierte eine ferne Stelle am Horizont.

»Unordnung«, antwortete er, »große Unordnung. Kein Tag, keine Nacht mehr. Kein Oben, kein Unten, kein Jung und kein Alt. Unordnung verschluckt alles, genau wie Nebel. Ohne Ordnung kann nichts wachsen. Pflanzen wachsen nach oben. Wenn es aber kein Oben gibt, wachsen sie ins Nichts.«

Bart dachte an sein Leben zu Hause.

»Mein Leben war bis vor Kurzem noch sehr geordnet, um ehrlich zu sein.«

»Nicht geordnet. Programmiert.«

Lu hatte recht. Bis zu Zoes Auftauchen hatte er in seinem Leben noch nie etwas selbst entschieden. Er hatte nur den Anweisungen von Amaranta und Pierfrancesco gehorcht. Und die Befehle der Haushaltsroboter befolgt. Aber war er wirklich glücklich gewesen?

Welche Gefühle kannte er überhaupt?

Vor allem Angst.

Die Angst, seine Eltern zu enttäuschen. Das Programm nicht zu erfüllen. Und sonst?

Ihm fiel wieder ein, wie er sich gefühlt hatte, als Amaranta ihm Kapok wegnahm. Damals war er sehr traurig gewesen, aber seine Gefühle hatte er tief in seinem Herzen vergraben.

Und mit Zoe war das Chaos in sein Leben gekommen. Am Anfang hatte ihm das auch Angst gemacht, aber jetzt wurde ihm klar, dass er nicht mehr darauf verzichten wollte.

Zum ersten Mal in seinem Leben fühlte sich Bart wirklich lebendig und – das lag vielleicht am Kaninchenelixier – auch ziemlich mutig.

»Himmel ist der Vater, Erde die Mutter. Mensch ist der Baum, und um zu wachsen, braucht er Himmel und Erde, Vater und Mutter«, sagte Meister Lu.

Bart dachte an Amaranta und Pierfrancesco.

Warum hatte er kein Heimweh, warum vermisste er sie nicht?

War mit ihm etwas nicht in Ordnung oder vielleicht mit ihnen?

Er seufzte.

»Ich glaube nicht, dass ich meine Eltern wirklich liebe. Vielleicht sind sie bö…«

»Amaranta ist keine wirkliche Mutter, Pierfrancesco kein wirklicher Vater. Sie sind Feinde des Lands der Einsiedler.«

Bei diesen Worten dachte Bart an einen Schulkameraden, der im Kongo geboren war und zwei weiße Eltern hatte.

»Meinst du … ich wurde adoptiert?«

Meister Lu lächelte.

»Nicht adoptiert. Nur, keine wirklichen Eltern. Sie sind programmiert, um zu programmieren. In Programmen ist kein Herz. Und wo kein Herz, da auch kein Mensch.«

Bart war jetzt völlig verwirrt.

»Aber, wer hat …?«

Der Gesichtsausdruck des alten Chinesen wurde nachdenklich. »Er hat ihre Seele gestohlen. Er hat fast alle Seelen gestohlen …«

»Wer er?«

»Er hat viele Namen, aber man weiß nicht wirklich, wie er heißt. Sein Traum ist Weltherrschaft. Solange Land der Einsiedler noch existiert, kann er sich Traum nicht erfüllen.«

»Und deshalb hasst du ihn so?«

»Im Land der Einsiedler gibt es keinen Müll. Dafür echten Himmel, echte Erde, echte Träume, echte Gefühle, echte Pflanzen, echte Tiere. Das kann man nicht programmieren! Wenn Land der Einsiedler zu Ende geht, geht alles zu Ende.«

Meister Lu erzählte weiter, und danach war Bart wie betäubt.

Amaranta und Pierfrancesco waren gar keine echten Menschen, sondern ihrem Herrscher zu hundert Prozent ergebene Maschinen, die wie Menschen aussahen. Der Herrscher wohnte irgendwo in den Tiefen der Erde versteckt. Sein Herz war aus Feuer, und er hatte nur einen einzigen Wunsch: die Erde zu erobern und zu seinem Reich zu machen. Und es fehlte nicht mehr viel, dann hätte er sein Ziel erreicht. Die echten Menschen wurden immer weniger und deshalb auch immer gefährlicher für ihn.

Sobald seine Spione ihm von einer Geburt berichteten, ließ er das Baby von seinen Soldaten entführen und gab es einem Ehepaar, das ihm gehorchte. So konnte er die Kinder zu folgsamen Untertanen machen.

»Dann sind meine echten Eltern seine ...«, hatte Bart gefragt.

»Seine Gefangenen.«

Bart begann zu begreifen. Der Große Programmierer hatte sie im Griff, und er wollte die absolute Macht. Und die hatte er nur, wenn er das Land der Einsiedler vollkommen zerstörte.

»Bedeutet das, dass das Land der Einsiedler aus den Träumen der echten Menschen besteht?«, fragte Bart.

Meister Lu nickte. »Aus Träumen, Gedanken, Wünschen und Gefühlen. Von echten Menschen, echten Pflanzen und echten Tieren.«

Lu brachte ihn zu einem Platz im Wald, wo eine große Kristallkugel versteckt war. Er legte seine Hand auf die Kugel, die hell aufleuchtete, wie ein eingeschalteter Plasmabildschirm. Am Anfang war alles grau und verschwommen, doch dann verwandelte sich das dunkle Grau in einen hellen Nebel, aus dem ganz allmählich die Wolkenkratzer einer Großstadt auftauchten.

Riesige Bagger waren dabei, die letzten Bäume zu fällen, um Platz für neue, noch höhere Hochhäuser zu machen, die fast schon den Himmel berührten.

Nach und nach erkannte man auch unzählige Rohre, aus denen giftiger Rauch in die Luft stieg.

Aus schwarzen Flüssen kamen Fische japsend an die grünlich-schaumige Oberfläche geschwommen. Auch andere Tiere waren zu sehen, die qualvoll zugrunde gingen: vergiftet, verhungert oder verdurstet.

Durch Hochhausfenster waren weiß gekleidete Menschen mit Spritzen in der Hand zu sehen, wie sie an unzähligen Tierkäfigen Experimente mit eingesperrten Tieren machten.

Kein Lebewesen konnte sich auf natürliche Weise fortpflanzen. Ein bisschen Kabeljau in den Erdbeeren, ein bisschen Erdbeere in der Maus, Teile der Qualle im Fasan, ein Stück Fasan im Schwein. Aus ihren Laboren würden genetische Monsterwesen kommen, die in kürzester Zeit die Erde bevölkern und sie durch das Chaos ihrer Gene zerstören würden.

Gebannt starrte Bart weiter auf die Kugel. In einer dieser Megastädte, vollgestopft mit Menschen, bemerkte Bart am Straßenrand eine alte kranke Frau, der aber niemand zu helfen schien. Da war auch ein verzweifelt weinendes Kind, doch die Passanten hasteten hektisch vorbei, ohne es wahrzunehmen. Nach und nach zogen sich die Wolken zusammen und verdunkelten die Sonne, als ob jemand eine Decke darübergelegt hätte.

Die Sonnenstrahlen erreichten die Erde nicht mehr, die jungen Triebe an den Pflanzen ließen die Köpfe hängen.

Je länger er zusah, desto mehr packte ihn ein Gefühl der Verzweiflung. Was für ein Unterschied zum Land der Einsiedler, den herrlichen Landschaften, die er mit Papa Kaninchen überflogen hatte! Dort herrschten Vielfalt, Lebendigkeit und Harmonie. Aber das, was Bart in der Kristallkugel erkannte, erfüllte ihn mit großer Traurigkeit.

In dieser Welt war er aufgewachsen, für diese Welt war er programmiert, als Sklave der Maschinen.

Eine Welt der Langeweile und der Einsamkeit.

Eine Welt, in der Überraschungen und Schicksal verbannt waren.

»Das ist Welt, wo sich seine Wünsche erfüllen«, hatte Meister Lu gesagt. »Seine Welt wird immer größer und unsere Welt nach und nach davon verschluckt.«

»Aber warum macht er das?«, hatte Bart noch einmal nachgehakt.

»Erinnerst du meine Worte, als Filiberto verschwunden war?«

Bart erinnerte sich gut und sagte: »Freundliche Menschen haben tiefe Wurzeln, arrogante nur große Schuhe?«

»Stimmt. Arrogante wollen immer alles bestimmen.«

»Und das können sie auch, weil sie stärker sind.«

»Kommt darauf an, was du unter stark verstehst«, antwortete Lu.

In diesem Augenblick verschwanden die Bilder in der Kugel, es blieben nur noch die Geräusche übrig.

Brrruuummm ... tatätataaaahuuuiiii ... rrrrummmsknirschgrolllll.

Viele Geräusche kamen Bart bekannt vor.

Autos, Flugzeuge, Züge, Feuerwehrsirenen, Alarmanlagen, elektronische Summer, virtuelle Stimmen, dazu prasselnder Regen und in der Ferne ein grollender Donner.

»Hör gut zu«, sagte Lu.

»Die Geräusche kenne ich seit meiner Geburt.«

»Hör noch genauer hin.«

Bart konzentrierte sich. Stimmt, irgendwo neben all diesen Geräuschen war auch ein Lied oder besser ein Singsang zu hören. Er konzentrierte sich. Immer das gleiche Wort.

»Ich höre etwas ... ein Wort, das wie Klebstoff ist, der alles zusammenhält.«

»Hörst du Stimme?«

»Ja, jetzt schon. Sie singt ... mo... mo... money? Ja! Sie singt *money, money, money* ...« Bart hielt überrascht inne. »Geld?«

»Jetzt hast du seine wahre Stimme gehört«, sagte Lu.

»Dem Großen Programmierer geht es um Geld?«

»Er glaubt, man kann sich alles kaufen, wenn man Geld genug hat.«

Bart kamen die vielen Dinge in den Sinn, die Amaranta ihm gekauft hatte. Wenn er einen Wunsch hatte, bekam er ihn sofort erfüllt. Das hatte ihm gefallen, zugegeben, aber mit jedem Geschenk hatte er sich weniger gefreut. Und in seinem Herz war es jedes Mal ein bisschen trauriger geworden, denn statt ihn in den Arm zu nehmen, hatte Amaranta ihm ein Geschenk in die Hand gedrückt.

»Stimmt, es gibt Dinge, die kann man nicht kaufen«, meinte Bart.

»Wirklich wichtige Dinge gibt es nicht für Geld. Muss man sich verdienen«, erklärte Lu weiter.

Barts Blick fiel auf das Nest, auf dem eine glückstrahlende Zoe hockte.

Durch das gute Essen war sie gewachsen und kräftiger geworden, hatte einen wunderschönen Kamm und rot glänzende Kehllappen unter dem Schnabel. Jetzt sah Zoe nicht mehr wie ein mageres Zuchthühnchen aus, sondern wie eine echte Henne. Eine Henne, die auf ihre Küken wartete.

»Ein Nest zum Beispiel ... das ist eine wirklich wichtige Sache, oder?«

Meister Lu lächelte: »Ja, Bart, Nest ist wichtig. Sehr wichtig. Jeder braucht Nest.«

14. Kapitel
Es bleibt nicht viel Zeit!

In dieser Nacht fand Bart keinen Schlaf. Er wälzte sich in seinem Bananenblatt hin und her und fühlte sich, als würden Ameisen über seinen Körper krabbeln. Wie gewohnt hatte Zoe ihr Nest rechts neben seinem Kopfkissen gebaut. Von Ferne hörte er das Meer rauschen, dazu die Geräusche der Nachttiere, die im Wald hinter der Hütte lebten.

»Psst ... Zoe? Psst ... Zoe!«

»Mmmm ... was gibt's denn?«

»Bist du wach?«

»Jetzt ja.«

»Hast du Lust auf einen Nachtspaziergang am Strand?«

»Bin ich etwa eine Eule oder deine Freundin?«

»Aber meine beste Freundin, die bist du doch, oder?«

Zoe gähnte ausgiebig.

»Also gut. Warum nicht.«

Der Vollmond ließ den Sand weiß leuchten. Eine leichte Brise bewegte die Blätter der Kokospalmen und der Bananenstauden, es klang wie ein Xylophon.

Bling, blong, blang.

Schweigend gingen sie ein Stück den Strand entlang. Es dauerte nicht lang, bis Bart etwas Merkwürdiges auffiel: Im Sand lagen keine Muscheln, sondern Müll: Plastikflaschen, Blechdosen, Styroporverpackungen, Puppen ohne Arme, Beine und Köpfe, schlaffe Fußbälle, leere Shampoo- und Aftershaveflaschen, Tausende von Zigarettenstummeln, Wattestäbchen, Plastiktüten in allen Formen und Farben, es sah aus, als wäre eine Armee toter Quallen an Land gespült worden.

Als Bart diesen Dreck sah, hätte er am liebsten geweint.

Wo war der herrliche Strand geblieben, an dem sie mit den Schildkröten angekommen waren? Traurig kickte Zoe eine Flasche zur Seite und sagte: »Ein weiteres Stück Einsiedlerland ist verschwunden.«

»Ob es Papa Kaninchen wohl auf die andere Seite geschafft hat? Oder ist ...« Bart stockte der Atem.

„... die Schildkröte etwa an einer Plastiktüte erstickt?«, vollendete Zoe seinen Satz. »Ich fürchte, für Schildkröten sind Quallen das, was für mich Regenwürmer sind: super Leckerbissen. Und da sie ganz schlecht sehen, könnten sie dieses Dreckszeug ganz leicht für ...«

»Oh nein! Können wir sie noch warnen?«

»Ich fürchte, dazu ist es zu spät. Wenn ein Stück gutes Land einmal verloren ist, dann Adios! Dann ist nichts mehr zu machen.«

Bart wurde ungeduldig.

»Ihr tut alle so geheimnisvoll«, beschwerte er sich, »wie soll ich denn einen Feind besiegen, von dem ich gar nicht weiß, wer er ist? Großer Programmierer – und? Ich kenne seine Stimme, *money, money*, das ist schon richtig, ich weiß, was er macht und warum, aber ich weiß nicht, wer er ist!«

Zoe hielt inne, ihre weißen Federn glänzten im Mondlicht wie bei einem Schwan.

»Hör mal, Milchgesicht, er ist viel klüger als wir alle und sehr viel älter. Er hat viele Namen und genau deshalb auch wieder keinen, er geht nirgends hin, weil es ihn eigentlich gar nicht gibt, und deshalb kann ihn auch niemand besiegen.«

»Dann geben wir ihm eben einen Namen, dann wissen wir wenigstens, von wem wir reden.«

»Wie würdest du ihn denn nennen?«

»Hmm, keine Ahnung.«

»Dann mache ich einen Vorschlag. Wir nennen ihn Lügenbaron.«

Das passte, fand Bart. Ein Lügenbaron betrog die Menschen und redete ihnen ein, Dinge wichtig zu finden, die gar nicht wichtig waren.

Sie liefen weiter, und Zoe erzählte Bart ihre Geschichte – so wie sie von Hühnergeneration zu Hühnergeneration weitergegeben wurde:

»Zu Zeiten meiner Urururururururgroßmutter, also am Anfang der Zeit, lebten Hühner und Menschen im Einklang miteinander, einer sorgte für den anderen.

Die Menschen brauchten damals nicht viel, jeden Tag ein paar Eier und hin und wieder, aber wirklich nur hin und wieder, mal ein gebratenes Hähnchen«, sagte sie und schluckte, »die Hühner hatten genug Futter und Wasser, in den Ställen fanden sie Schutz vor dem Fuchs. Aber eines Tages machte der Lügenbaron den Menschen weis, dass sie ganz oft gebratene Hähnchen und Rührei essen müssten. Ein schwarzer Tag für die Hühner! Von da an verschwanden die Hühnerställe, und man baute riesige Legebatterien mit grellen Lampen und Metalldrähten. Kein Zuhause und keine Familie mehr, kein Rennen über grünes Gras, kein Würmersuchen, kein Scharren im Sand, kein Nickerchen im Schatten eines Busches. Alles, wofür uns die Natur geschaffen hat, war weg. *Money, money, money!* Wir Hühner wurden zu Fleischmaschinen, zu lebendigen Toten! Auch ich. Bis du mich gefunden hast, war ich nichts anderes: eine lebendige Tote.«

Bart schwieg. Die Geschichte kannte er auswendig, und trotzdem macht sie ihn immer wieder traurig.

»Hättest du mich nackt unter einer Zellophanhülle lieber gehabt, mit aufgeklebtem Haltbarkeitsdatum?«

»Nein, auf keinen Fall!«, antwortete Bart. »Wenn ich an all ...«

»Du meinst, wenn du an all die Verwandten von mir denkst, die du schon gegessen hast?«

»Ja«, sagte er und senkte den Kopf. Er fühlte, wie sich sein Magen zusammenzog, als müsse er sich gleich übergeben.

»Mach dir keine Sorgen, Milchgesicht. Das konntest du nicht wissen. Du hast sicher gedacht, wir sind einfach nur so etwas wie ein Burger. Wenn man etwas nicht weiß, ist man unschuldig.«

»Aber ich fühle mich trotzdem schlecht.«

Zoe sprang auf einen angeschwemmten Plastikstuhl.

»Schau mal da hinten«, rief sie und deutete mit einem Flügel aufs Meer.

Bart wandte sich um und bemerkte, dass statt Wasser und Algen der wabernde Rauch einer Großstadt zu sehen war, der sich rasend schnell auszubreiten und das Meer aufzufressen schien.

»Der Rauch steigt mit der Flut!«

»Genau – und er hat schon das andere Ende der Insel verschluckt. Bart, dieser ganze Müll hier ist seine Visitenkarte. Der Lügenbaron will uns sagen: Macht euch bereit, ihr habt nicht mehr viel Zeit.«

In dieser Nacht kehrten Bart und Zoe nicht in die Hütte zurück. Als die Sonne aufging, lagen die beiden nebeneinander am Strand.

Zoe wachte als Erste auf und kitzelte Barts Nase mit der Federspitze, damit auch er endlich die Augen aufschlug.

»Lieber so oder mit Kikeriki?«

Bart lächelte und reckte sich, aber sein gutes Gefühl verflog sofort, als ihm wieder einfiel, was sie in der vergangenen Nacht alles gesehen hatten.

Was würde nach dem Meer als Nächstes verschwinden? Wie viele Tage blieben ihnen noch? War es vielleicht sogar schon zu spät? Bart dachte an das Haus der Kaninchenfamilie.

War es schon vom Nebel verschluckt oder konnte Großmutter Kaninchen noch Kuchen backen und dabei auf Flick und Flock aufpassen, die von alldem nichts ahnten und vor dem Haus spielten?

Und wenn ja, wie lange noch? Hatte Großvater Kaninchen bei seiner Ankunft nicht auf ihn angestoßen: »Auf Bartolomeo, unseren Retter«?

Und hatten ihm die Tiere am Wegesrand nicht viel Glück gewünscht? Bart sah wieder ihre unschuldigen glänzenden Augen vor sich, die ihn hoffnungsvoll ansahen. Nein, er durfte keine Zeit verlieren. Wenn es seine Bestimmung war, das Einsiedlerland zu retten, war es an der Zeit, der Bestimmung zu folgen.

Entschlossen machte sich Bart auf die Suche nach Meister Lu. An seiner Seite die ebenso entschlossene Zoe.

Sie fanden ihn am Strand, der alte Chinese schien zu tanzen. Sie setzten sich leise in den Sand, um seine kompliziert aussehenden Bewegungen nicht zu stören. Bart hatte sofort erkannt, dass es sich um eine Art Kung Fu handelte, das hatte er oft auf dem Nintendo gespielt, aber Tien Lus Bewegungen waren ganz anders als die, die er kannte. Der Chinese hatte keine tätowierten Muskelpakete und auch keine Stachelketten um die Handgelenke, aber es genügte ein kurzer Blick, um seine Gefährlichkeit zu erkennen. Er bewegte sich wie in Zeitlupe, streichelte durch die Luft, um sie im nächsten Augenblick mit einer unglaublichen Kraft zu zerschneiden. Er schien die Kraft eines Tigers und die Leichtigkeit eines Reihers zu haben. Die Beweglichkeit eines Affen und den festen Griff einer Riesenschlange.

»Das würde ich auch gerne können«, flüsterte Zoe, »dann wäre ich so stark wie ein Adler, ein Kranich oder ein Storch. Ich könnte meine Feinde einfach zermalmen.«

»Wie alt er wohl ist?«, fragte Bart, während Lu leichtfüßig durch die Luft hüpfte, und versuchte, es dem Meister nachzumachen.

»Sehr alt«, meinte Zoe, »älter als meine ganzen Urururururs, vielleicht sogar älter als deine Großeltern.«

Als Lus Tanz zu Ende war, schien die ganze Welt mit ihm still zu stehen. Sein Atem war so ruhig, als hätte er gerade die Zeitung gelesen, während sein Blick sich auf einen Punkt am Horizont konzentrierte. Außer dem melodiösen Zwitschern der zwischen den Palmblättern versteckten Vögel war nichts mehr zu hören.

Nach einigen Minuten schüttelte sich Lu, als ob er aus einem Traum erwacht wäre, und ging mit leichten Schritten in Richtung Hütte. Bart und Zoe folgten ihm.

Bart verbeugte sich vor dem alten Chinesen, als sie die Hütte betraten, ballte eine Faust und schlug damit in seine andere, geöffnete Hand, wie er es in den Filmen gesehen hatte. Dann sagte er mit zitternder Stimme: »Meister Lu, ich bitte in aller Bescheidenheit darum, Ihr Schüler werden zu dürfen.«

Lu antwortete nicht.

Er brühte Tee auf, goss ihn in drei Tassen, eine für Bart, eine kleine für Zoe und die letzte für sich. Dann teilte er den Reis, den er gekocht hatte, ebenfalls in drei Portionen. Bart schaute ihn unsicher an. Ob der Meister ihn wohl gehört hatte?

Gerade als er seine Bitte wiederholen wollte, sagte Lu: »Um kämpfen zu können, muss man Feind kennen.«

Barts Herz hüpfte vor Freude. Bedeutete das ...?

Der Meister stellte seine Tasse auf ein Stövchen, verschwand in einer Kammer und kam mit einem Spiegel in der Hand wieder zurück.

»Schau hinein«, sagte er zu Bart. »Was siehst du?«

Bart schaute voller Hoffnung in den Spiegel, fest davon überzeugt, dass es sich um einen Zauberspiegel handelte und er endlich das Gesicht des Lügenbarons sehen würde.

Aber zu seiner großen Enttäuschung sah er sein eigenes Gesicht.

»Also?«, fragte der Meister.

»Ich sehe mich. Nur – nur mich«, stammelte Bart.

»Gut!« Lu lächelte. »Jetzt kennst du größten Feind von dir.«

In den nächsten Tagen begann Bart den Sinn dieses Satzes zu verstehen, wenn er mit Meister Lu am Strand übte. Sein fehlendes Selbstvertrauen und seine Unsicherheit sorgten dafür, dass er viele Fehler machte. Wenn Bart beim Üben daran dachte, wie er zum Luftsprung ansetzen müsste, fiel er um, noch bevor er richtig angefangen hatte. Wenn er aber vergaß, wer er war, und sich vorstellte, er wäre ein Tiger, eine Tigermama, die ihre Jungen beschützen musste, dann klappte es viel besser.

Eine ganze Woche übte er mit Meister Lu, Tag für Tag, von Sonnenauf- bis Sonnenuntergang. Zoe schaute ihnen zu und konnte sich nicht zurückhalten, ab und zu mit den Flügeln Beifall zu klatschen oder auch selbst Übungen zu machen. Obwohl Bart abends immer todmüde war, konnte er nur schwer einschlafen. Jeden Tag fühlte er sich selbstbewusster und stärker, aber mit der Stärke wuchsen auch seine Zweifel.

»Zoe«, flüsterte er mitten in der Nacht, »denkst du nie an deine Eltern?«

»Oh doch, ich denke immer an sie. Beim Würmersuchen frage ich mich oft, wie wohl das Nest gerochen hätte, in dem ich nicht geboren bin. Ich bin sicher, dass mein Vater ein stolzer Hahn ist und meine Mutter noch nach den Eiern sucht, die sie ihr gestohlen haben.«

Bart seufzte. »Ich denke nicht an meine Eltern, ich denke immer an Kapok.«

»Das ist normal. Er hat dich so geliebt, wie du warst, und wollte dich nicht programmieren. Er hat dir ein Gefühl von Wärme gegeben, genau wie ich es eines Tages mit meinen Küken machen werde.«

Bart seufzte noch einmal, streckte den Arm nach Zoe aus und sagte: »Bei mir machst du es schon.«

Und dann umarmten sie sich und schliefen ein.

15. Kapitel
Bart sieht seinen Schreckgespenstern ins Auge

Am nächsten Morgen wurden sie von lauten Geräuschen auf dem Dach geweckt.

Krach! Bumm! Peng!

Meister Lu war schon aufgestanden und trainierte.

Bart und Zoe stürzten nach draußen, um zu sehen, was da vor sich ging. Was sie sahen, erfüllte sie mit Angst und Schrecken. Von den Palmen fielen die Kokosnüsse herunter, das Gleiche passierte mit den Bananen. Sie blickten sich verwundert um. Es war völlig windstill, und Erntezeit war mit Sicherheit auch noch nicht, denn es fielen nicht nur die reifen, sondern auch die noch grünen Früchte von Bäumen und Stauden.

»Wieder etwas, was verschwindet«, bemerkte Bart sorgenvoll und schaute in den Himmel.

In diesem Augenblick stürzte Meister Lu vom Strand herbei, er war völlig außer Atem.

»Schnell, schnell, folgt mir, wir haben wenig Zeit.«

So hatten sie den alten Chinesen noch nie gesehen, es wurde ernst. Hintereinander rannten sie den Hügel hinauf. Rechts und links neben ihnen sackten Bäume, Sträucher und Büsche in sich zusammen, als ob ihnen jemand die Luft zum Atmen genommen hätte. Wo gestern noch Wald gewesen war, zeigten sich große kahle Flächen, wie auf dem Kopf eines alten Mannes, der seine Haare verlor.

Als sie bei der Kristallkugel angekommen waren, machten sie halt. Zum Glück waren hier alle Blätter noch an den Bäumen.

»Feind von dir kennst du jetzt«, sagte Meister Lu zu Bart, »aber Schreckgespenstern schaust du nicht ins Auge. Das musst du aber ... jetzt.«

Manchmal verstand ihn Bart wirklich nicht. Hatte er nicht bewiesen, dass er ein folgsamer Schüler war? Von welchen Schreckgespenstern sprach Lu? In diesem Moment schnipste der Meister mit den Fingern, und die Kugel begann sich langsam um sich selbst zu drehen, dabei ertönte eine merkwürdige Musik.

Pliiing plaaaaang plooooong.

Merkwürdig, dachte Bart, der Plasmabildschirm schaltet sich gar nicht ein. Lu schnipste wieder mit den Fingern, und dieses Mal öffnete sich die Kugel, wie eine riesige Orange, die man auseinandergeschnitten hatte.

Huuuuhuuuuuhuuuuuu.

Aus der Öffnung begann eine eiskalte Brise zu wehen, die an Barts Körper zu ziehen begann, als wolle sie ihn einsaugen.

Der Wind wurde stärker und stärker.

»Meister, aber was ...«

Mit einer einladenden Geste deutete Lu auf die Öffnung der Kristallkugel.

»Bitte sehr.«

»Danke, aber ...«

»Bitte«, wiederholte der Meister, »bitte sehr, spring!«

»Ich? Springen? Da rein?«, protestierte Bart.

Aus Lus Augen zuckten Blitze.

»Meister befiehlt, Schüler gehorcht!«

»Auf geht's, Milchgesicht«, stimmte Zoe ein.

Bart warf Zoe einen fragenden Blick zu. »Ich ... alleine?«

»Ja, weil ich ja keine Schreckgespenster vertreiben muss«, sagte Zoe schnippisch und plusterte sich auf. »Aber mach dir mal keine Sorgen, ich warte hier auf dich. Auf mich kannst du dich verlassen.«

In diesem Augenblick schlang die kalte Luft ein unsichtbares Seil um Barts Körper und zog ihn an den Rand der Kristallkugel. Bart schwankte, und ihm kamen die Worte wieder in den Sinn, die er gestammelt hatte, als er das erste Mal auf dem Sprungbrett gestanden hatte: »Lieber ... lieber nicht.« Aber sie wollten ihm nicht über die Lippen kommen.

Der Meister klatschte dreimal in die Hände.

»Spring, Bart!« Seine Stimme klang wie ein Donnerhall.

Ein kräftiger Windstoß brachte Bart vollends aus dem Gleichge-

wicht, er kippte nach vorne und verschwand im nächsten Augenblick in der Spalte. »Gut, dass ich nichts gegessen habe«, dachte er noch, bevor er in die Tiefe stürzte.

Wie lange er fiel, konnte Bart nicht sagen, denn dieser Sturz war ganz anders als der, der ihn ins Land der Einsiedler gebracht hatte.

Damals war es ihm vorgekommen, als würde er durch ein riesiges Abflussrohr rutschen, während er jetzt ein echtes Horrorkabinett passierte. Glitzernde Augen von Wölfen und anderen Raubtieren huschten vorbei, und alle paar Sekunden wurde er von einem Skelett umarmt. Plötzlich hielt ihn irgendetwas Hartnäckiges am Bein fest. Er konnte sich gerade noch losreißen. Bart blickte zur Seite und erkannte neben sich die spitzen Zähne eines Vampirs. Unmittelbar danach versuchte ihn ein purpurroter Umhang einzuhüllen wie ein Grabtuch, gehalten von vier korallenroten Schlangen, die ihm *Küsschen-Küsscheneilawjueilawjueilawju* zuflüsterten. Es klang wie Amarantas Stimme. Dann wurde er langsamer, und im Zentrum des Strudels war ein schwaches Licht zu sehen. Die Gesichter verschwanden, die Stimmen verstummten, und Bart fand sich zwischen den Ästen eines Busches wieder.

Leider war er nicht wieder im Haus von Papa Kaninchen gelandet. Nachdem er sich von einem Haufen Spinnweben befreit hatte, stellte er fest, dass ihm der Ort bekannt vorkam. Er schüttelte die abgebrochenen Zweige von sich ab und sah sich um. Das war keine Waldlichtung, das Gras war gepflegt und kurz geschnitten, eingerahmt von frisch bepflanzten Blumenbeeten. Es sah aus wie ein ... Park!

Klar!

Das war der Park, in dem er zum ersten Mal Meister Lu begegnet war. Barts lang gehegter Verdacht bestätigte sich. Lu verließ den Park deshalb nicht, weil sich dort der Eingang zum Land der Einsiedler befand. Man konnte durch diesen einen Busch hinaus und hinein, ohne dass es jemand bemerkte. Doch wie sollte das gehen, dachte Bart in panischer Angst, das hatte ihm niemand erklärt. Wann und wie würde er auf die Insel zurückkehren und Zoe wiedersehen können? Er begann nachzudenken. Warum hatte Meister Lu ihn hierher zurückgeschickt? Doch diese Gedanken vergaß er sofort wieder, als er eine Stimme hinter sich hörte:

»Wen haben wir denn da? Wir dachten schon, man hätte dich mit Kartoffeln als Beilage gegrillt. Aber stattdessen …«

Bart fuhr herum und erkannte Filiberto mit seiner Truppe. Mit drohenden Blicken kamen die Jungs auf ihn zu. Seine Beine begannen zu zittern. Warum hatte er das Kaninchenelixier nicht dabei? Gegen sie würde er allein nichts ausrichten können. Am besten machte er es wie die Kaninchen: umdrehen und die Flucht ergreifen.

»Hey, wohin willst du? Willst du nicht ein paar fette Regenwürmer probieren? Schmecken sie dir nicht mehr?«, schrie ihm Filiberto hinterher.

Bart raste so schnell davon, dass er nicht mal mehr die Sohlen unter seinen Füßen spürte. Er schlug einen Haken nach rechts, dann einen nach links, wäre fast gegen den Wagen des Eisverkäufers gestoßen, stürzte an einer Gruppe Touristen vorbei, die in der Sonne dösten, riss aus Versehen einer alten Dame das Hütchen vom Kopf, bis er endlich am Spielplatz ankam, wo er sich unter einer Rutsche versteckte.

Wenn ich doch nur zum Busch zurückkäme, dachte Bart. Er konnte sein Herz bis in die Ohren hämmern hören. Aber kurz danach schämte er sich seiner Feigheit.

»Meister Lu kann mich bestimmt durch die Kristallkugel sehen!« Er wurde rot bis unter die Haarwurzeln.

Hatte er vergessen, was er gelernt hatte? Wenn er selbst vor Filiberto und seinen Freunden flüchtete, würde ihn Lu bestimmt nicht wieder auf die Insel lassen. Er hatte alle bitter enttäuscht und beim letzten Versuch, das Land der Einsiedler zu retten, versagt.

Bart äugte vorsichtig unter der Rutsche hervor. Alles schien ruhig. Er machte alles genau so, wie Meister Lu es ihm beigebracht hatte. Zuerst beruhigte er seinen Atem, dann begann er sich auf das Gesicht seines Feindes zu konzentrieren. Das war die Lektion des letzten Tages gewesen.

»Alle Feinde haben Schwanz«, hatte der Meister gesagt.

Bart hatte ihn ungläubig angesehen.

»Einen Schwanz? Wie ein Tier ...?«

»Menschen haben Schwanz. Man sieht ihn nicht, aber er ist da. Mäuseschwanz, Eidechsenschwanz, Eichhörnchenschwanz, Pfauenschwanz, Rabenschwanz.«

»Ein echter Schwanz?«

»Ganz und gar. Mit Federn, mit Fell, mit Wirbeln.«

»Aber wie ist das möglich?«

»Durch Meditation kannst du Schwanz deines Feindes erkennen. Wenn du ihn siehst, hast du gewonnen.«

»Ist das eine Geheimtechnik?«

»Keine Technik, Natur. Siehst du Pfauenschwanz? Du verwandelst dich in Fuchs. Fuchs frisst Pfau. Siehst du Eidechsenschwanz? Du verwandelst dich in Katze. Katze jagt Eidechse.«

»Aber haben wirklich alle einen Schwanz?«

»Nur Meister nicht. Meister haben nur sich selbst. Deshalb kann man sie nicht besiegen.«

Schritte waren zu hören, sie kamen immer näher. Filiberto und die anderen waren nur noch wenige Meter von ihm entfernt. Bart konzentrierte sich wie noch nie in seinem Leben. Als er die Augen wieder öffnete, war sein Atem ganz ruhig, sein Körper total entspannt. Rattenschwänze, lang, glitschig und schwer. Rattenschwänze. Das hatten sie.

Ein Tiger wäre eine Verschwendung für sie, dachte Bart, der würde sich seine Krallen nicht an ihnen schmutzig machen. Die wahren Feinde der Ratten waren Foxterrier, das hatte er mal in einer Doku gesehen. Sie hatten einen kräftigen Kiefer, wie eine Beißzange, und sie waren beweglich, schnell und ausdauernd. Er würde sich in einen Foxterrier verwandeln!

»*Gluugluuugluuu*!«, spottete Filiberto. »Wir wissen, dass du dich hier versteckt hast und ein paar Würmer knabberst!«

»Hier bin ich!«, schrie Bart, eine Stimme aus dem Nichts. Bevor die Bande seines Feindes auch nur einen Mucks machen konnte, stürzte er sich auf sie wie eine Furie.

In kürzester Zeit hatte er sie in die Flucht geschlagen. Alles, was noch von ihnen übrig war, war ein Fetzen Fell zwischen den Zähnen des Bart-Terriers.

Er spuckte den Fetzen aus, dann schüttelte er sich wie ein Hund nach einem Sprung ins Wasser und wurde wieder zu Bart. Mit stolzgeschwellter Brust und hoch erhobenem Kopf blickte er sich um und ging wieder zu dem Busch, aus dem er gekommen war.

16. Kapitel

Die Geschichte vom Drachen Mistral

Nach der Rückreise war alles anders. Als Bart wieder vor Zoe und Meister Lu stand, hatte er das Gefühl, sich verändert zu haben. Er kam sich größer und stärker vor, und als er den Mund aufmachte, schien auch seine Stimme fester zu sein.

Das war nicht mehr die Stimme eines Jungen, der immer nur gehorchte. Das war die Stimme eines Jungen, der auch Kommandos geben konnte. Bei seinem Anblick flatterte Zoe vor Freude mit den Flügeln. Stolz sagte sie zu ihm: »Wenn ich einen Mund anstelle eines Schnabels hätte, dann würde ich dich jetzt küssen.«

Auf der Insel war es Nacht geworden. Schweigend erreichten sie den Strand, dann sammelten sie Holz und entfachten ein Feuer. Der würzige Salzgeruch des Meeres hatte sich in Kloakengestank verwandelt. Die Wellen, die noch bis vor Kurzem den Strand überspült hatten, waren verschwunden. Jetzt stand das Wasser still.

Zwischen dem angespülten Müll lagen Dutzende von toten Seesternen. Lu zeigte sie Bart, dann deutete er auf den Himmel. »Das Oben und das Unten, wie ein Spiegel. Tote Seesterne bedeuten, dass auch die Sterne am Himmel in Gefahr sind.«

Bart blickte nach oben, das Firmament war glasklar.

Einige Sterne standen sehr nahe beieinander, wie Freunde, die in Grüppchen miteinander plaudern. Andere standen lieber allein oder waren einfach nur zu weit von den anderen entfernt, um mit ihnen reden zu können.

Plötzlich zuckte ein flammend gelbroter Blitz über das Himmelsgewölbe, der sich langsam grün färbte und wieder verschwand.

Zoe nieste.

»Eine Sternschnuppe, Milchgesicht, eine Sternschnuppe!«

»Wenn du siehst, wie Stern fällt, wird Wunsch war«, sagte Meister Lu.

»Du musst dir was wünschen«, drängte Zoe.

»Ehrlich? Das wusste ich nicht«, sagte Bart.

»Konzentriere dich!«, drängte Zoe weiter.

»Du denkst an Wunsch, wir rufen Stern. Aber Wunsch ist geheim, nur in deinem Herzen.«

Zoe flatterte aufgeregt mit den Flügeln. »Und wenn er sich erfüllt hat, dann kannst du den Schnabel aufmachen. Wenn du vorher redest, ist alles verloren.«

Lange saßen sie schweigend unter dem nachtblauen Firmament, das Feuer wärmte sie. Wie groß und geheimnisvoll das Himmelszelt aussah! Jeder Stern war in Wirklichkeit eine kleine Sonne, und möglicherweise gab es auf der anderen Seite des Universums sogar einen anderen kleinen Erdball. Und vielleicht saß dort in diesem Moment ein nachdenklicher Junge namens Bart, irgendwo am Strand eines fernen Planeten der Milchstraße.

Vielleicht waren wir vor unserer Geburt alle dort oben, dachte Bart, und vielleicht finden wir uns alle unter einem Zipfel dieser riesigen blauen Steppdecke wieder, wenn wir einmal tot sind.

Solche Fragen hatte sich Bart zuvor noch nie gestellt. Das Leben eines Steines und sein Leben waren ziemlich verschieden. Auch das Leben eines Baumes und seins waren ziemlich verschieden. Ein Stein und ein Baum können nur abwarten, was passiert. So ähnlich wie früher auch bei ihm. Wie wäre sein Leben wohl weitergegangen, wenn er Zoe nicht getroffen hätte? Und was hatten die Sterne damit zu tun? Als Bart noch gar nichts von der Existenz von Legebatterien ahnte, hatte Zoe schon gewusst, dass sich ihre Wege kreuzen würden. Gab es jemanden, der an den Fäden zog und alles bestimmte, oder war es nur Zufall?

Zoe hatte ihm einmal etwas von Schicksal erzählt. War das Schicksal?

Zu verstehen, was in jedem Moment das Wichtigste war?

In der Stille dieser Nacht, in der die überwältigende Großartigkeit des Himmels und der tragische Verfall der Erde nebeneinanderstanden, spürte Bart plötzlich, wie sein Atem sich ausdehnte, als ob alles in seinem Inneren leben und sein Inneres in allem leben würde. Schönheit und Vernichtung existierten auch in ihm, beides zugleich, nebeneinander. Und in diesem Moment ...

Zack!

Zuckte ein grelles Licht über den Himmel.

»WOW!«, rief Zoe. »Hast du das gesehen? Warst du auf einen Wunsch konzentriert, oder ...?«

»Oder was?«

»Hast du an dein Frühstück gedacht?«

»Kannst du nicht einmal ernst sein?«, gab Bart zurück, der an seinen Wunsch dachte und dabei nicht gestört werden wollte. »Ich habe nicht immer die gleichen Gedanken wie du!«

Zoe wandte sich beleidigt ab.

»Schaut mal«, sagte Meister Lu und zeigte zum Himmel. »Der Stern leuchtet noch immer.«

Bart und Zoe folgten seinem Finger.

Die Sternschnuppe war noch nicht verglüht. Nach dem ersten Aufleuchten war sie langsamer geworden und zog jetzt einen funkelnden langen Schweif hinter sich her.

»Milchgesicht! Wir haben Glück! Ein Komet!!«

»Stern mit Schwanz, genau«, sagte Meister Lu, »der zeigt uns immer den Weg.«

Dann nahm er einen Stock und begann Ideogramme in den Sand zu zeichnen. Als er fertig war, hob er den Blick und musterte Bart schweigend. Das flackernde Licht des Feuers tanzte auf ihren Gesichtern.

»Günstiger Moment«, flüsterte er, »günstig, um über die Nacht zu sprechen.«

»Über die Nacht?«, wiederholte Bart verblüfft.

»Über Finsternis«, antwortete der Meister, »über Dunkelheit, die Herzen auffrisst, die gutes Land verschluckt.«

Endlich erfuhr Bart, im Sand unter dem Sternenhimmel sitzend, wer der Feind war, den er bekämpfen musste. Meister Lu begann seine Geschichte zu erzählen – und Bart hörte gebannt zu.

Seit Anbeginn des Universums war die Erde von Drachen bewohnt. Sie lebten fast überall, manche in den Bergen, andere in den Tälern, wieder andere liebten die salzige Luft des Meeres.
Es gab große und kleine Drachen; einige lebten in Höhlen, andere lebten in Seen; grüne Drachen mit rosa Punkten und lackierten Krallen und elegante beigefarbene Drachen mit bordeauxroten Rückenkämmen; Drachen, die Musik mochten, und Drachen, die lieber Windsurfen gingen; Drachen, die flogen, und Drachen, die lieber Marathon liefen.
Um zur Familie der Drachen zu gehören, waren drei Grundeigenschaften erforderlich: Erstens musste man einen Kamm auf dem Rücken haben, Farbe und Größe waren egal. Zweitens musste man in der Lage sein, einen Metallblock mit einem einzigen Feuerstoß zum Schmelzen zu bringen. Und drittens durften Drachen nur mit Drachen zusammen sein. Dadurch sollten Betrüger entlarvt werden, die sich als Drachen ausgaben, aber gar keine waren. Es war schon vorgekommen, dass Eidechsen sich einen Kamm aus Pappe auf den Rücken geklebt hatten, um einem Drachen ähnlich zu sehen. Spätestens bei der Schmelz-Prüfung fiel der Schwindel auf, und die Eidechsen landeten auf dem Grill.
Viele wollten zu den Drachen gehören, denn damals waren Drachen die Herren der Welt. Von allen gefürchtet und respektiert, bestimmten sie den Lauf der Dinge.

Wenn jemand ihre Pläne durchkreuzte, machten sie mit einem kurzen Huster einen Haufen Asche aus ihm. Die Drachen hatten alle Macht auf Erden.
Deshalb war die dritte Bedingung so wichtig: keine Beziehungen zu Nicht-Drachen, es sei denn, man machte sie zu Asche. Denn selbst der kleinste Eindringling in ihre Familie konnte in kürzester Zeit alles zunichte machen.
Eines Tages wurde der kleine Mistral geboren. Als seine Mutter ihr Ei legte, war sie nicht mehr die Jüngste. Sie hatte eine wunderschöne Stimme, und als junge Drachenfrau hatte sie die ganze Welt bereist und überall gesungen. Ihr Mann gehörte zur Sorte Drachen mit gepunkteter Fliege, er war ihr Manager. Alle ihre Konzerte waren große Erfolge, das Publikum bewunderte ihre Kunst. Andernfalls wären die Zuschauer zu Asche verwandelt worden, nachdem der Vorhang gefallen war. Aber eine Drachenfrau wäre keine richtige Drachenfrau, wenn sie nicht auch irgendwann ein Ei gelegt hätte. Deshalb traf sie in ihrem 4536sten Lebensjahr zusammen mit ihrem Mann die Entscheidung, den großen Schritt zu wagen.
Mistral schlüpfte an einem herrlichen Tag Ende Mai, und von Anfang an wussten seine Eltern, dass er anders war als die anderen. Seine Mutter gehörte zu den Grünen Drachen, sein Vater zu den Blauen Drachen. Als die ersten Sonnenstrahlen ihn trafen, schien Mistral türkisfarben zu sein, aber bereits nach der ersten Stunde war er hellgrün, am Nachmittag sienabraun, und als die Sonne unterging, preußischblau.
Am nächsten Morgen wurde der Spezialist für frisch geborene

Drachen ans Nest bestellt. Nachdem er das Baby untersucht hatte, bescheinigte er den Eltern, dass es sich bei Mistral um einen äußerst seltenen Chamäleondrachen handelte, ein Drache, der innerhalb weniger Sekunden die Farbe wechseln konnte. In einer grünen Landschaft wurde er grün und vor dem Meer blau. Wenn er alleine sein wollte, konnte er so mit seiner Umgebung verschmelzen, dass ihn niemand sah.

Ein paar Tage lang erfüllte Stolz die Herzen der Eltern, doch bald schon waren sie verunsichert. Sie hatten sich für ein Drachenkind entschieden, nicht für ein Chamäleon. Um sich daran zu gewöhnen, brauchten sie etwas Zeit.

Zum Glück war Mistral – der Name kam daher, dass er die Farben so schnell wechseln konnte wie der Wind seine Richtung – ein braver und gehorsamer kleiner Drache. Wenn seine Mutter ihn rief, benutzte er nie den Trick, mit der Umgebung zu verschmelzen und sich unsichtbar zu machen. Zu seinem sechsten Geburtstag schenkten ihm seine Eltern eine alte gusseiserne Lokomotive, und der kleine Mistral verwandelte sie unter dem Applaus der Verwandten mit einem einzigen Feuerstoß in einen Klumpen geschmolzenes Metall.

Als erfolgreicher Manager träumte sein Vater davon, ihn auf die Bühne zu holen. Zu dieser Zeit war er tatsächlich der einzige Chamäleondrache auf der Welt. Und so trat er mit sieben Jahren das erste Mal ins Rampenlicht, aber das Debüt war eine Katastrophe, denn Mistral war unglaublich schüchtern, das hatte bis zu diesem Moment nur noch niemand bemerkt. Vor all den Zuschauern wurde er so rot wie die Samtvorhänge, die sich zu Beginn der

Veranstaltung vor ihm öffneten. Nach zwei oder drei Versuchen, die alle in einem Debakel endeten, gaben seine Eltern den Plan auf, ihren Sohn zu einem Schauspieler zu machen.
Was für einen Sinn hatte es, einen Sohn zu haben, der anders war als all die anderen, wenn man mit diesem Anderssein nichts anfangen konnte?
Mama und Papa Drache machten sich ans Werk, und nach wenigen Monaten legte Mama Drache noch ein Ei. Das Drachenkind, das diesmal geboren wurde, war perfekt. Grün wie seine Mutter, mit einer gepunkteten Fliege wie der Vater. Um die Perfektion zu besiegeln, nannte man ihn Triumph. Die ganze Familie stand glücklich um die Wiege herum, und Mistral begann sich sehr, sehr alleine zu fühlen. Während seine Eltern, die Verwandten und Freunde freudestrahlend um das Neugeborene herumhüpften, streunte Mistral im Hof der Drachenburg herum.
Mit drei bekam Triumph einen ganzen U-Bahn-Zug zum Schmelz-Test, und Mistral begriff, dass für ihn immer weniger Platz bei Mama und Papa war. Wenn er ein Flugdrache gewesen wäre, hätte er es leichter gehabt, aber er war ein Marathondrache. Die Flügel dieser Drachengattung hatten sich schon vor Abertausenden von Jahren in zwei seltsam aussehende Stummel zurückentwickelt. Ohne richtige Flügel konnte er nicht fliegen, sondern nur über die Steppe laufen, sein schwerer Schwanz schleifte dabei auf dem Boden.
An einem wolkenverhangenen Tag im Spätherbst stieß Mistral beim Herumlaufen auf etwas Weißes. Am Anfang dachte er, es sei ein Ei oder ein mit Flechten bedeckter Stein, aber als er daran schnupperte, bemerkte er, dass der Stein atmete und außerdem

einen Kopf und zwei Flügel hatte, von denen einer ziemlich zerzaust aussah. Mistral machte sofort ein kleines Feuer, um das seltsame Wesen zu wärmen und mit seinen Armstummeln den lädierten Flügel wieder in Ordnung zu bringen. Bei solch liebevoller Pflege erholte sich die Taube, denn um eine solche handelte es sich bei dem verletzten Tier, schnell wieder. SIe sagte mit zitternder Stimme, sie heiße Zefira und sei nur auf der Durchreise. Ein Rabe hätte sie angegriffen. Seit sie denken konnte, war sie unterwegs, um Briefe auszutragen, die sich Liebende gegenseitig schickten. Auch jetzt hatte sie ein zusammengerolltes Liebesgedicht um den Fußknöchel gebunden.

Mistral rollte das Briefchen vorsichtig auf, und nachdem er die Zeilen gelesen hatte, wusste er, dass er nie wieder ohne Gedichte würde leben können. Die Leere, die er die ganze Zeit in sich gespürt hatte, füllte sich dank dieser wunderschönen Verse. Poesie machte ihn glücklich.

Von diesem Moment an waren die beiden unzertrennlich. Da Zefira nicht mehr fliegen konnte, setzte sie sich auf Mistrals Rücken, und so zogen sie gemeinsam durch die Lande und erzählten sich dabei alles, was schön, gut und bewegend war. Um zu verhindern, dass die Taube beim Durchqueren der bewohnten Gebiete entdeckt wurde, kaufte sich Mistral einen Zylinder und setzte ihn auf den Kopf, sodass Zefira sich bequem darunter verstecken konnte.

Mit dem Zylinder auf dem Kopf trat Mistral auf Marktplätzen und Schlosshöfen auf, um Gedichte vorzutragen. Er hoffte, dass er mit Poesie die Herzen der Drachen erreichen und für eine andere Dimension des Lebens öffnen könnte.

Als er eines Tages auf einem Dorfplatz ein Liebesgedicht vortrug, fegte ihm der plötzlich aufkommende Wind den Zylinder vom Kopf. Das Publikum konnte Zefira sehen, die sich zwischen seinen schuppigen Ohren festhielt.
Die Aufregung war groß, Mistral und Zefira wurden festgenommen und in das finsterste Verlies einer uneinnehmbaren Burg gesteckt. Mistral hatte gegen die dritte Bedingung des Drachenseins verstoßen. Die wichtigste, um die Existenz ihrer Gattung zu sichern.
Am Tag der Hinrichtung stand die ganze Familie auf dem Burghof. Triumph hatte die Aufgabe, das Urteil zu vollstrecken. Mistral war in Eisenketten gelegt. Der Drachenpolizist näherte sich und hielt einen Käfig in der Hand, in dem Zefira eingesperrt war. Als er mitten auf dem Hof angekommen war, öffnete er die Klappe und

entließ die Taube in die Luft. Nach einem einzigen verzweifelten Flügelschlag verbrannte er sie mit einem Flammenstoß zu Asche. Danach geschah etwas, mit dem niemand gerechnet hatte. Aus Mistrals Kehle stieg ein so gewaltiger Schrei auf, dass er die Erde bis in die Grundfesten erschütterte. Der junge Drache riss sich die Ketten vom Leib, als wären sie aus Papier, und mit einem gigantischen Feuerstoß verbrannte er seine ganze Familie zu Asche. Und mit einem noch gewaltigeren Schrei wechselte er die Farbe seines Schuppenpanzers, verschwamm mit der Umgebung und ward nie mehr gesehen.

17. Kapitel
Eine schreckliche Rache

Das Ende der Geschichte ließ Bart und Zoe sprachlos zurück. Die Henne wischte sich heimlich mit der Federspitze über die Augen.

»Bewegend, oder? Das ist genau wie bei uns, die Geschichte einer großen Liebe.«

»Aber unsere Geschichte ist keine Liebesgeschichte!«

»Ach nein?«, gab Zoe beleidigt zurück. »Was denn sonst?«

»Na ja, vor allem bin ich kein Drache«, antwortete Bart diplomatisch, »und du siehst nicht unbedingt nach einer Taube aus.«

»Woher weißt du, ob ich mich nicht wie eine fühle?«

Meister Lu unterbrach ihr Geplänkel.

»Stimmt«, sagte er, »Bart ist kein Drache. Aber er muss mit Drachen kämpfen.«

Bart zuckte zusammen.

»Mit dem Drachen? Aber der Drache ist doch nirgends zu ...«

»Dinge, die man nicht sieht, sind stärker als Dinge, die man sieht.«

»Wollen Sie damit sagen, dass Mistral kein ...«

»Drachen sind ausgestorben, aber Mistral lebt weiter, überall und nirgendwo. Niemand kann ihn sehen, niemand weiß etwas. Aber er zerstört alles. Er hat das lodernde Feuer des Hasses.«

Bart schluckte.

Er war nass geschwitzt, obwohl es gar nicht heiß war. Filiberto und seinen Freunden gegenüberzutreten war eine Sache, aber einem Drachen die Stirn zu bieten, der dich mit einem Feuerstoß in Asche verwandeln konnte, eine andere.

Einmal hatte er für die Schule über Drachen gelesen und herausgefunden, dass sie längst ausgestorben waren. Oder besser, es hatte sie in Wirklichkeit nie gegeben, in der Mythologie und den alten Geschichten hatten sie allerdings immer eine wichtige Rolle gespielt.

»Aber im Internet heißt es, dass ...«, setzte er an.

Meister Lu lächelte: »Internet weiß nicht, was man nicht sehen kann.«

Bart spürte, wie seine Unruhe stärker wurde.

»Aber wo befindet sich Mistral? Warum merkt niemand etwas von seiner Existenz?«

»Er macht sich durch Art, wie das Land der Einsiedler verschwindet, bemerkbar ...«

»Soll das heißen, dass Mistral hinter alldem steckt?«, fragte Bart und zeigte auf den Müll am Strand.

»Ganz genau. Seit Tag, als Zefira zu Asche wurde, hat er nur noch ein Ziel: Alles, was schön und gut ist, zerstören.«

»Aber könnte man ihm nicht eine andere Taube schenken? Das würde ihn vielleicht etwas entspannen«, schlug Zoe vor.

»Sein Feuer brennt schon zu lange. Hass hält ihn am Leben.«

»Aber wie macht er das? Die ganze Welt ...«

»Überleg mal. Er Chamäleondrache, niemand sieht ihn, niemand weiß, dass es ihn gibt, aber er überall. Und deshalb kann man ihn auch nicht bekämpfen.«

»Und wie kann er dann die Welt zerstören, wenn er sich versteckt?«

»Seine Zerstörungskraft hat nichts mit seinem Körper zu tun, er bläst Nacht in die Herzen der Menschen. Finstere Nacht ohne Sterne. Keine Sterne, niemand weiß mehr, was wichtig und was schön ist.«

»Er macht die Menschen blind?«

»Blind und gefühllos. Herz schlägt, aber fühlt nichts.«

»Sie können nicht mehr spüren, was wirklich schön und wichtig ist?«

Meister Lu nickte.

»Und für sie ist es egal, ob der Strand voller Muscheln oder voller Dreck ist?«, fragte Bart tief beeindruckt.

»Genau. Sie können Schönheit nicht erkennen. Für sie Schönheit etwas Sinnloses. Alles, was kein Geld bringt, sinnlos. Ganz besonders Land der Einsiedler finden sie sinnlos.«

»Also ... geht es um das, was wir im Inneren der Kristallkugel gehört haben?«

»Genau.«

»*Money, money*?«

Meister Lu seufzte tief. »Kaufen und gekauft werden. Ende.«

»Aber wie verändert Geld das Denken der Menschen?«

»Hast du schon mal einen Strohhalm benutzt?«

»Klar, um Orangensaft zu trinken.«

»So ähnlich kann Mistral Gehirne aussaugen, er hat dafür Programm.«

»Igitt! Und was macht er dann damit?«

»Er tauscht Gehirn gegen Chamäleongeist.«

»Und wenn einer sich gegen dieses Austauschen wehrt?«

Bart wollte nicht so leicht aufgeben.

»Dann fängt er auch Seele und hält sie wie Gefangene irgendwo.«

»Das heißt, meine echten Eltern ...«

»Ja, Bart, auch Seele und Gehirn deiner echten Eltern sind gefangen.«

Es folgte ein langes Schweigen, bis Bart ein entschlossenes Gesicht aufsetzte.

»Wo kann ich ihn aufspüren?«

»Er Chamäleondrache, aber eben auch Drache. Und alle Drachen haben Nest.«

Bart wurde ungeduldig.

»Ja, aber wo?«

Meister Lu blinzelte und deutete mit dem Zeigefinger auf den Gipfel des kleinen Bergs im Zentrum der Insel.

»Da drin.«

»Ist das etwa ...«, rief Bart und sprang auf.

»... ein Vulkan!«, gackerte Zoe entsetzt, als ob man ihr den Hals lang gezogen hätte.

»Er hat sich in allen Vulkanen Nest gebaut, sein Reich ist ein Netz der Finsternis und des Feuers und liegt unter der Erde.«

Bart setzte sich wieder.

»Na ja«, sagte er in sachlichem Ton, »da ich nicht aus feuerfestem Material und auch kein Superheld bin, endet die Sache hier, oder?«

»Da stimme ich dir zu ...«, bestärkte ihn Zoe, »auch weil Grillhähnchen nicht gerade meine Spezialität ist.«

Meister Lu lächelte und entblößte seine kleinen Zähne.

»Hineinkommen ist kein Problem. Alle Vulkane haben gut geschützten Lieferanteneingang.«

»Einen Lieferanteneingang?«

»Mistral liebt Havannazigarren und Whisky. Er stammt aus Schottland.«

Bei diesen Worten zog Bart den Kopf ein.

»Tu's oder tu's nicht. Kannst nur du entscheiden«, sagte Meister Lu abschließend.

Dann stand er auf und ging mit federnden Schritten auf die Hütte zu.

Das Feuer war schon fast heruntergebrannt, nur noch wenige Holzscheite glühten im feuchten Sand. Bart grübelte über all das, was Meister Lu ihm erzählt hatte. Ob sie sich in den Schlund des Vulkans stürzten und dem Drachen den Kampf ansagten oder am sicheren Strand blieben, hing allein von Bart ab ...

Da riss ihn ein seltsames Geräusch aus seinen Gedanken. Bart und Zoe sprangen wie elektrisiert auf und erkannten im Mondlicht die Umrisse eines Delfins, der an den Strand gespült worden war.

Sie rannten auf ihn zu.

»Die Schildkröten sind schon tot«, flüsterte der Delfin, »und bald sind wir dran. Beeil dich! Bitte ...«

Bart stieg bis zur Hüfte ins Wasser und half dem Gestrandeten wieder ins Meer.

»Beeil dich«, wiederholte der Delfin mit schwacher Stimme, bevor er wieder in das stinkende Wasser eintauchte.

18. Kapitel
Bart und Zoe bereiten sich vor

Als die Sonne am nächsten Morgen aufging, fand Meister Lu seine Freunde am Strand. Schon im Morgengrauen hatte er die Sonne mit dem Tanz des Tigers und des Reihers begrüßt. Bart hatte sich ihm angeschlossen, während Zoe die ersten Sonnenstrahlen zum Scharren genutzt und den Sand nach verborgenen Köstlichkeiten abgesucht hatte.

Als Bart seine Meditation beendet hatte, verbeugte er sich vor dem Meister und schlug die geballte Faust in die andere, offene Hand. Der Meister tat das Gleiche.

»Meister Lu.«

»Entschieden?«, fragte der alte Chinese.

Bart nickte. »Ja, ich steige in den Vulkan.«

Bei diesen Worten verschluckte sich Zoe fast an einem Wurm.

»Oh, Milchgesicht, ich wusste, dass du das Zeug zu einem Helden hast.«

»Jetzt übertreib mal nicht! Ich habe gesagt, dass ich es versuchen werde, nicht, dass ich es schaffe.«

»Auf jeden Fall wirst du ein Ritter«, schwärmte Zoe. »Und weißt du auch, warum? Weil seit Anbeginn der Zeit Drachen immer von Rittern getötet wurden. Das ist eine Tatsache, so wie die Erde rund ist.«

»Das stimmt.«

Bart erinnerte sich an ein Bild auf Google. Ein Ritter in einer schweren Rüstung, die Lanze weit nach vorne gestreckt, galoppierte auf einem feurigen Schimmel auf einen Furcht einflößenden Drachen zu.

Entmutigt setzte er sich hin.

»Ich habe kein weißes Pferd, keine Rüstung, nicht mal eine Lanze. Und selbst wenn ich eine hätte, wüsste ich nicht, wie ich sie benutzen sollte.«

»Aber du hast jemand Weißes an deiner Seite, auch wenn es ein Huhn und kein Pferd ist.«

Bart schaute Zoe verwirrt an.

Er suchte nach Meister Lu, aber der war verschwunden. Wie sollte er dem Drachen gegenübertreten? Mit bloßen Händen und einem Kung-Fu-Tritt?

Mit einem Tritt den Schuppenpanzer eines Drachen zu durchbrechen schien ihm ein Ding der Unmöglichkeit – auch wenn er inzwischen viel trainiert hatte.

Zoe nahm unterdessen ein Sandbad und rollte über den Strand.

»Ahhh, herrlich! Weißt du, was meine Großmutter immer gesagt hat?«

»Nein.«

»Für die wichtigen Ereignisse im Leben sollte man gepflegt aussehen. Du solltest dich wenigstens kämmen.«

»Schön für dich, dass du noch Witze machen kannst«, seufzte Bart. »Du musst auch nicht mitkommen, wenn du nicht willst ...«

»Glaubst du, ich wäre nicht mutig genug? Ich bin eine Henne und kein Kaninchen!«

Bart musste lachen. »Übrigens, wo ist das Kaninchenelixier? Ich möchte gerne ein paar Schlucke trinken, bevor es losgeht.«

»In der Hütte, denke ich. Aber damit das klar ist, ich bleibe hier und warte auf dich. Denn wenn ein Held siegreich aus der Schlacht zurückkehrt, dann ist es wichtig, dass jemand da ist und den triumphalen Empfang vorbereitet. Ich könnte dir einen Triumphbogen aus Luftballons und bunten Schleifen machen!«

Bart nahm ihren Kopf zwischen die Hände. »Vielleicht gibt es gar nichts zu feiern. Ich schaffe es nicht, und das Land der Einsiedler verschwindet für immer in den Krallen des hirnsaugenden Drachen.«

Zoe kam näher und drückte Bart fest an sich.

»Du solltest an deinem Selbstwertgefühl arbeiten. Kein Held denkt übers Verlieren nach, noch bevor er überhaupt losgezogen ist.«

In diesem Moment tauchte Meister Lu wieder auf.

Er hatte einen langen Stab in der Hand.

Schweigend zog er damit einen weiten Kreis um Bart und Zoe in den Sand und schrieb ein paar Ideogramme dazu.

»Meister, was ...?«

Lu legte seinen Zeigefinger auf die Lippen.

»Psst! Ich weiß, was du fragen willst. Im Kreis werden wir die Antworten finden. Bevor ihr eintretet, müsst ihr euch verändern.«

Zoe hob alarmiert den Kopf.

»Was heißt da *ihr*?«

»Weil Ritter immer Knappen hat.«

»Und ich soll ...?«

»Du wirst mutiger Knappe sein.«

Dabei blickte der Meister Zoe so streng an, dass sie keinen Widerspruch mehr wagte.

»Wie soll ich mich verändern?«, fragte Bart.

»So, dass ihr nicht erkannt werdet.«

Bart wunderte sich. »Du meinst verkleiden?«

»So ähnlich ... vielleicht eher verwandeln.«

»Aber wer macht uns die Kostüme?«, fragte Zoe. »Ich sehe hier keine Schneider.«

»Brauchen wir nicht, nur Magie«, antwortete Meister Lu, »der Kreis ist ein magischer Kreis. Ideogramme wie Zauberformeln.«

»In was müssen wir uns denn verwandeln?«, hakte Bart nach.

»Drache öffnet Tür nur für Böse. Denk an jemand Böses, und Magie wird euch verwandeln.«

»Wie ein Avatar?«

Lu nickte. »Aber im Inneren bleibt ihr ihr selbst. In eurem Herzen und euren Gedanken.«

»Und euren Ängsten«, dachte Bart, aber ihm fehlte der Mut, es laut zu sagen.

Er konzentrierte sich und schloss die Augen. Welcher Avatar machte ein echtes Monster aus ihm?

»Ich hab's!«

»Denk dabei auch an deinen Knappen«, mahnte Lu.

»Was?«, protestierte Zoe. »Ich habe keine freie Wahl? Ist das keine Demokratie hier?«

Meister Lu warf ihr einen flammenden Blick zu.

»Knappe gehorcht und schweigt.«

Bart schloss wieder die Augen. Ja, er hatte etwas gefunden. Furchterregend genug. Ein Ungeheuer, wie es im Buche stand.

»Ich bin bereit. Wir sind bereit«, sagte er und öffnete die Augen.

Meister Lu ging auf sie zu, steckte die Hand in die Tasche seines blauen Oberteils und zog ein rotes Seidensäckchen heraus, das mit einem goldenen Band verschlossen war.

»Das ist ein Talisman. Für euch.«

Und er übergab Zoe das Säckchen.

»Knappe bewahrt Talisman.«

»Darf ich es aufmachen?«, fragte Zoe aufgeregt.

Lu schüttelte energisch den Kopf.

Zoe schnupperte an dem Säckchen. »Ich finde, es riecht gut und ...«

Bart verlor die Geduld. »Schluss damit! Du denkst immer nur ans Essen! Das ist unser Glücksbringer, also Finger weg.«

»Quatsch, das war doch nur ein Witz. Ich wollte nur wissen, was drin ist, ein Anhänger oder eine Goldmünze.«

»Talisman darf man nicht ansehen, sonst verliert er Macht.«

Der Meister legte schweigend seine Hände auf ihre Köpfe. Mit der Berührung floss eine leichte Kälte nach unten, und Bart spürte, wie sie sich auf dem Weg durch den Körper in glühende Hitze verwandelte. Dieses Feuer ohne Flammen hob sie vom Boden ab und ließ sie zwölfmal rotieren, einmal linksrum, einmal rechtsrum. Danach landeten sie sanft wieder auf der Erde.

»Gut!«, sagte der Meister zufrieden und nahm die Hände von ihren Köpfen. »Ihr werdet jetzt Avatare.«

Bart schaute an sich herab. Sein Körper war mit einem dichten schwarzen Fell überzogen, seine Füße und Hände hatten sich in Pranken mit messerscharfen Krallen verwandelt.

»Hey, ich bin ja wirklich ein Tasmanischer Teufel geworden!«

»Du hast es gewünscht, ich habe dir Wunsch erfüllt.«

Zoe starrte verwundert auf ihre Flügel.

»Und ich, in was ...? Was ist das denn?«

»Du bist eine Vampirfledermaus.«

Zoe schrie laut auf und hüpfte vor Entsetzen in die Luft.

»Arrrrgh! Was hast du dir dabei gedacht?«

Meister Lu beruhigte sie.

»Bart hat an Fledermaus gedacht, und ich habe dich verwandelt.«

Zoe betrachtete traurig ihre neuen Schuppenflügel.

»Meine schönen weißen Federn«, murmelte sie und piepste wie ein kleines Küken.

»Du solltest mir danken, statt herumzujammern. Vom Vogel zum Säugetier, das ist ein ganz schöner Sprung in der Evolution«, wies Bart sie mit seiner tiefen Teufelsstimme zurecht.

»Schönes Paar«, meinte Meister Lu zufrieden und betrachtete die Früchte seiner Arbeit.

»Und hier noch Tüpfelchen auf i«, ergänzte er.

Er öffnete seine Geheimtasche, nahm eine Kiste Zigarren heraus und übergab sie Zoe, dann drückte er Bart eine Kiste mit Whiskyflaschen in die Hand.

»Jetzt seid ihr richtige Lieferanten!«

19. Kapitel
Luzifer und Vampy im Reich der Finsternis

Bart und Zoe stiegen den Vulkanhügel hinauf, ihre Ware schleppten sie auf der Schulter.

»Weißt du, was mir Angst macht, Milchgesicht?«, sagte Zoe außer Atem.

»*Roaaar!*« Bart sprach jetzt anders. »Was denn? *Grrr.*«

»Meister Lu ist schon ziemlich alt, und alte Leute werden sehr vergesslich ...«

»*Grrr*, ja und?«

»Und wenn er nach der Mission vergessen hat, wie er uns wieder zurückverwandeln kann?«

»*Roaaar*, ich frage mich eher, ob wir überhaupt zurückkommen. Aber jetzt halt den Schnabel, wir sind schon fast oben. Vielleicht sind hier Überwachungskameras installiert, wir sollten uns beeilen, sonst können wir uns die Rettung des Landes abschminken.«

»Schon gut, schon gut. Aber was soll ich mit diesen ungewohnten Zähnen anfangen?«

»Bohre sie in den ersten Hals, der dir begegnet, und halt endlich die Klappe!«

Sie standen am Rand des Kraters. Flüssiges Magma brodelte mit schrecklichem Getöse vor sich hin. Es schien, als würde man innerhalb einer Nanosekunde in Flammen aufgehen, wenn man in den Krater hinabstieg. Meister Lus Anweisungen waren klar und deutlich gewesen. Am Ende des Weges würden sie vier Stechginsterbüsche sehen. Dahinter war die Tür für die Lieferanten versteckt. Es gab keine Klingel, das Passwort war: »Havannas und Whisky« – dreimal hintereinander gerufen.

Beim Anblick der Ginsterbüsche begannen Barts Beine zu zittern. Er hätte gerne einen Spiegel gehabt, um zu kontrollieren, ob bei seiner Verkleidung noch alles in Ordnung war. Vielleicht war irgendwo das Fell ausgedünnt, wie bei einem zerschlissenen Karnevalskostüm.

»Wie sehe ich aus?«, fragte Bart leise seinen Knappen.

»Du machst mir Angst, Luzifer!«

Bart kicherte in sein Fell, seine neue tiefe Stimme gefiel ihm ausgezeichnet.

»Aber du, Vampy, bist auch nicht schlecht.«

»Gewöhn dich bitte gar nicht erst dran.«

Schweigend gingen sie in Richtung Lieferanteneingang. Als sie zwischen den Büschen angekommen waren, schrie Luzifer dreimal: »Havannas und Whisky! Havannas und Whisky! Havannas und Whisky!«

Nach kurzer Zeit hörte man ein leises Knacken, und eine unpersönliche Stimme ertönte aus der Gegensprechanlage: »Ja, bitte?«

Bart knurrte: »*Grrroaaar!* Aufmachen! Ich bin Luzifer und bringe Whisky aus Tasmanien!«

»Und Zigarren aus Vampiria!«, fügte Vampy hinzu und schlug mit den Flügeln.

Plötzlich wankte der Boden unter ihren Füßen, und aus dem hohen Gestrüpp kam eine bewegliche Plattform zum Vorschein. Sie bestiegen den seltsamen Fahrstuhl, und eine feuerfeste, durchsichtige Hülle schloss sich um sie herum. Dann begann ihre Reise durch glühend heißes Magma ins Innere des Vulkans.

Ihre Reise hinab ins Feuermeer dauerte mehrere Minuten, wegen des grellen Lichts mussten sie die Augen fest zusammenkneifen. Kurz bevor die Situation wirklich unerträglich wurde, ließ die Hitze nach, und die wabernde orangerote Masse um sie herum löste sich auf.

Nachdem sie mehrere Schichten Feuer und Erde durchquert hatten, fuhren sie durch ein Kabelgewirr, das auf schweren Eisenträgern ruhte. Unter ihren Füßen tat sich eine gewaltige Kuppelhalle auf, in der seltsame Kreaturen wie ferngesteuert von einer Seite zur anderen strömten.

An den Wänden der Halle waren unzählige Bildschirme installiert.

Mit einem sanften Zupacken der Druckluftbremsen wurde der

Lastenaufzug erst langsamer und kam dann ganz zum Stehen. Die Türen glitten auf, und eine riesige Ratte tauchte vor ihnen auf.

»*Sgroaaar*«, fauchte Bart-Luzifer, dann fuchtelte er mit seinen Krallen in der Luft herum, um seine Gefährlichkeit zu unterstreichen.

Um ihm in nichts nachzustehen, fuhr sich Zoe-Vampy mit der Zunge über die messerscharfen Zähne und knurrte: »Ehrlich gesagt, habe ich großen Durst ...«

Die Wächterratte trat vorsichtig einen Schritt zurück, zog einen Block und einen Stift aus ihrer Umhängetasche und hielt ihnen beides hin. Dann befahl sie mit schriller Stimme: »In dreifacher Ausfertigung ausfüllen. Name, Herkunftsland, Anlass der Reise. Und natürlich unterschreiben.«

Luzifer und Vampy füllten alles gehorsam aus, und die Ratte forderte sie auf, ihr zu folgen. Sie schlängelten sich durch ein Rattenrudel, bis sie vor einer Sperranlage standen.

»Halt! Hier könnt ihr nicht durch«, blaffte sie eine Ratte mit nach oben gezwirbelten Schnurrhaaren mit strenger Stimme an, nachdem sie die Formulare geprüft hatte. »Da fehlen zwei Unterschriften!«

Nachdem auch diese bürokratische Hürde genommen war, beorderte die Zollratte die beiden in einen kleinen Raum. Dort wurden ihre Päckchen durchleuchtet, und sie wurden einem strengen Verhör unterzogen, wobei die Zollratte versuchte, sie in Widersprüche zu verwickeln.

Am Ende war Luzifer so entnervt, dass er beschloss, alle Zurückhaltung aufzugeben. Mit einem kräftigen Tritt fegte er den Tisch und die Stühle zur Seite, packte die Ratte am Kragen und drückte sie gegen die Wand.

»Es reicht! Unsere Geduld ist am Ende!«, knurrte er wutentbrannt und fletschte die Zähne. »Wir wollen zum Chef, aber dalli!«

»Ende Gelände, Schicht im Schacht!«, unterstützte ihn Vampy und schlug mit den Flügeln.

Beeindruckt eilte die Zollratte zum Telefon und flüsterte ein paar Worte in den Hörer.

»Diplomatenbesuch. Tasmanischer Teufel und Vampirfledermaus. Mit den erwünschten Geschenken.«

Dann bat sie die Gäste mit schleimig-freundlichem Unterton in der Stimme, im komfortabel eingerichteten Wartezimmer Platz zu nehmen.

»Der Wagen für die Botschafter wird gleich hier sein. Ich bitte Sie höflich um etwas Geduld.« Mit diesen Worten flüchtete die Ratte aus dem Raum.

Die Zeit verging, und noch immer war niemand zu sehen. Luzifer war gerade dabei, erneut die Geduld zu verlieren, als sich hinter ihnen eine elektrische Tür öffnete und ein gewaltiger Skarabäuskäfer in Chauffeur-Uniform erschien. Er verbeugte sich und setzte die Mütze ab.

»Eure Exzellenzen, willkommen im Reich der Finsternis!«

Über einen roten Teppich führte sie der Skarabäus zu einer Kutsche. Ein überdimensionaler, mit purpurroten Samtpolstern ausgekleideter Totenkopf bot den Fahrgästen Platz. Der Skarabäus setzte sich auf die Totenkopfnase, die als Kutschbock diente. Gezogen wurde das Gefährt von einer Hundertschaft Riesenkakerlaken, die mit elektrischen Kabeln untereinander verbunden waren.

»Komfortabel«, meinte Vampy und hüpfte auf seinem Polster herum. »Und ökologisch vorbildlich, keine Abgase, kein Müll.«

Luzifer hörte Vampy gar nicht zu, voll konzentriert auf das, was um ihn herum geschah. Die Kutsche hatte die belebte Straße verlassen und bog in eine enge Gasse ab, die steil nach unten führte und nach und nach in eine Spirale überging.

Wie im Inneren einer Schlange, dachte Bart und spürte, wie sich seine Fellhaare sträubten. Würde sie jemals wieder hier herauskommen? Meister Lu hatte ihnen genaue Anweisungen für den Hinweg gegeben, aber nichts über den Rückweg gesagt ...

Wie auch immer: Sie saßen in der Falle. Darüber hatte Bart noch gar nicht nachgedacht, die Organisation der Reise hatte ihn zu sehr beschäftigt. Wie würde dieses Abenteuer enden? Wie konnte er den Drachen besiegen?

Er hatte kein Pferd, keine Lanze, nicht mal Gift, das er ihm heimlich verabreichen konnte. Wie er den Talisman benutzen sollte, wusste er auch nicht. Der Meister hatte darüber kein Wort verloren.

In der Zwischenzeit war die Kutsche auf der spiralförmigen Straße in der Mitte eines riesigen Saales angelangt, der von gigantischen Neonröhren erhellt wurde.

Zu den Ratten gesellten sich jetzt auch menschenähnliche Gestalten, die den Eindruck machten, als würden sie auf einen Rockstar warten.

»Schau mal, Luzifer, da sind Zombies!«, rief Vampy entzückt.

Luzifer drückte die Nase an die Fensterscheibe und sagte: »Zombies, wie schön!« Er wirkte abwesend.

»Wir haben nur selten Besucher«, erklärte der Skarabäus, zu ihnen gewandt, »deshalb sind alle so neugierig, wer die Neuankömmlinge sind.«

Das bestätigte sich, als der Wagen hielt.

Luzifer und Vampy waren noch nicht ganz ausgestiegen, als sie von einer aufgeregten Masse umringt wurden und ein Blitzlichtgewitter auf sie niederprasselte, dass sie kaum noch etwas sehen konnten.

»Autogramm, Autogramm!«, riefen die wartenden Zombies und streckten ihnen Karten entgegen. Vampy griff danach und kritzelte eine Art Unterschrift darauf.

»Nicht schlecht, so sind wir auch mal berühmt!«

Luzifer dagegen zerriss die Karten und warf die Schnipsel auf die Fotografen.

Schließlich zerstreute die Rattenpolizei die Menge und führte die Besucher zu zwei riesigen, verschlissenen Samtvorhängen. An mehreren Stellen hingen dicke Spinnweben mit echten Schwarzen Witwen, die ein Verdauungsschläfchen machten. Bart sträubten sich wieder die Fellhaare. In den Posamenten über den Vorhängen hatten sich Fledermäuse eingenistet.

Der Oberste Torwächter pfiff dreimal. Das war das Signal für die Fledermäuse, sie packten die Vorhänge mit ihren Krallenfingern und zogen den schweren Stoff zur Seite.

Dahinter tauchte ein aus Knochen gefertigtes Tor auf, die Scharniere bestanden aus Elefantenrüsseln. Zwei Kanalratten in Galauniform öffneten die quietschende Pforte.

20. Kapitel

Auge in Auge mit dem Drachen

Luzifer und Vampy standen in einem halbdunklen, riesigen Saal. Als sich ihre Augen an das Schummerlicht gewöhnt hatten, erkannten sie die Konturen einer glibberigen Masse, die sich aus dem Hintergrund löste. Ein monströser Fleischberg, der schwer atmete und krampfartige Hustenanfälle hatte, die jeden im Raum erzittern ließen. Bei näherer Betrachtung erkannte Luzifer, dass diese Kreatur aus einem früheren Zeitalter stammen musste. Manche Regionen auf dem geschuppten Körper waren mit dicken Schichten Staub und Spinnweben bedeckt, offensichtlich war das Urzeitwesen nicht mehr in der Lage, sich dort zu kratzen.

Das war also der Drache, der Große Programmierer!

Er saß auf einem haushohen Thron, der aussah wie eine Toilettenschüssel, die nach oben geklappte Klobrille war mit Rubinen, Diamanten und Smaragden besetzt.

Rechts und links des Throns hingen zwei gigantisch große Klopapierrollen, die sich von selbst abrollten. Sie bestanden aber nicht aus sanftem Blümchenpapier, sondern aus Geldscheinen. Auf einem Monitor war ein riesenhafter Skarabäus zu sehen, der mit nasaler Stimme ununterbrochen die weltweiten Börsenkurse verlas.

Der Drache wirkte nicht besonders interessiert daran.

Erst als Luzifer und Vampy ganz nahe vor dem Thron standen, klopften ihre beiden Begleiter mit Elefantenknochen dreimal auf den Boden und verkündeten: »Gäste aus Tasmanien, Hoheit!« Die Glöckchen, mit denen die Knochen geschmückt waren, klangen noch eine Weile nach.

Alle im Saal drehten sich zu Luzifer und Vampy um, die sich so tief verbeugten, dass ihre Stirn den Boden berührte.

»Eure Majestät«, sagte Luzifer und achtete darauf, nicht nach jedem Wort zu knurren, »wir sind aus einem fernen Land am Rande der Welt aufgebrochen, um Euch Geschenke zu überbringen, als Zeichen grenzenloser Bewunderung für Euch und Euer epochales Werk, das ihr gerade vollendet. Wir kommen als Abgesandte der Völker der Tasmanischen Teufel und der Vampirfledermäuse.«

Absolute Stille folgte.

Der Monsterdrache kratzte sich am Hals, dann machte er seinem Kammerherrn, einem Zombie im Zirkuskostüm mit einer kreischrosa Perücke auf dem Kopf, ein Zeichen, näher zu kommen.

Sie flüsterten einige Minuten miteinander, dann setzte sich der Kammerherr wieder.

Luzifer spürte, wie die Angst unter seinem Fell hochkroch. Plötzlich hallte ein schrecklicher Hustenanfall durch den Thronsaal, der sich in ein heiseres Röcheln und schließlich in einen krampfartigen Schluckauf verwandelte.

Nachdem er sich einigermaßen beruhigt hatte, hob der Drache mühevoll seinen Kopf, der im Vergleich zu dem massigen Körper winzig wirkte.

»Teufel und Vampir«, donnerte er, »welch freudige Überraschung! Schon seit einigen Jahrhunderten ist mir ein solches Vergnügen nicht mehr vergönnt gewesen. Kommt näher, meine Freunde!«

Die beiden näherten sich dem Thron und versuchten bei jedem Schritt in ihrer Rolle zu bleiben. Während Luzifer mit seinen Klauenpranken alles wegräumte, was sich ihm in den Weg stellte, riss Vampy das Maul auf, um drohend ihre messerscharfen Zähne zu zeigen, die sich jeden Augenblick in den Hals eines Opfers bohren konnten.

An der untersten Stufe der breiten Treppe zum Thron blieben sie stehen und verbeugten sich ein zweites Mal.

»Eure Erhabene Grausamkeit, Eure Unerreichte Zerstörungskraft, unsere Völker überbringen Euch ihre unterwürfigsten Grüße.«

Erst als der Kammerherr rief: »Zigarren und Whisky, Majestät«, nickte der Drache und erlaubte ihnen, die Stufen nach oben zu steigen.

Ein Kammerdiener nahm eine Zigarre aus der Kiste, roch lange daran und biss die Spitze ab. Dann legte er sie auf ein Silbertablett und bot sie seinem Herrscher an.

Der Drache nahm die Zigarre, legte sie von einer Pranke in die andere und seufzte: »Ich weiß, ich sollte aufhören. Rauchen schadet der Gesundheit, aber ...«

MONEYMONE

Zisch!

Aus seinen Nüstern drang ein Feuerstoß und entzündete die Zigarre.

»Aber dieser einzigartige Genuss ...«, fuhr er fort und blies den Rauch aus.

»Kein Genuss ohne Reue«, knurrte Luzifer.

Der Drache lachte.

»Ah, mir scheint, wir sind Brüder im Geiste.«

»Das Gift wird das Blut sein, das unsere Freundschaft nährt, Majestät«, fügte Vampy hinzu und flatterte mit den Schuppenflügeln.

Ermutigt durch die Worte seiner Gäste, ließ sich der Drache eine Flasche Whisky aus der Kiste geben, öffnete sie und schüttete sie, ohne zu schlucken, in sich hinein, als wäre es Fruchtsaft. Dann wischte er sich mit dem Rücken seiner Pranke übers Maul und sah sich misstrauisch um.

»Seid ihr wirklich die, die ihr zu sein behauptet? Seit Jahrhunderten hat mich niemand mehr besucht, nur um mir eine Freude zu machen.«

Barts Beine begannen unter dem Fell zu zittern, aber er versuchte sich Mut zu machen und überzeugend zu knurren.

»Wir sind Teufel und Vampire, wir leben in der Dunkelheit und säen Angst und Schrecken. Wer sonst sollten wir sein?«

Der Drache hustete, er hatte sich am Rauch verschluckt.

»Zum Beispiel Journalisten. Gewissenlose Journalisten auf der Suche nach einem Knüller.«

»Majestät, sehen Sie uns an! Wir sind nichts anderes als Kreaturen der Finsternis, wir haben nichts anderes im Sinn, als das Böse zu säen.«

Bart staunte, wie gut er lügen konnte.

»Und wenn wir wirklich Journalisten wären«, setzte Vampy hinzu, um die Atmosphäre etwas aufzulockern, »wäre es günstig, die Blutgruppe der Anwesenden festzustellen, ich zum Beispiel trinke am liebsten AB, das ist die seltenste!«

»In Ordnung, ich glaube euch«, dröhnte der Drache und drückte die Zigarre auf dem Kopf eines Zombies aus. »Darf ich euch demnach als meine Freunde betrachten?«

Luzifer und Vampy verbeugten sich ein drittes Mal.

»Mit allem Respekt, Eure Niedertracht, Ihr dürft nicht, Ihr müsst uns als Freunde betrachten!«

»Euer Glück wird auch unser Glück sein«, schloss Vampy, den Blick fest auf den Boden geheftet.

Entzückt winkte der Drache noch einmal seinen Kammerherrn zu sich heran und flüsterte ihm etwas ins Ohr. Der Kammerherr eilte fort, und der Drache klatschte kräftig in die Pranken. »Wenn wir echte Freunde zu Besuch haben, dann feiern wir ein Fest! Darf ich bitten ...«

Mit einer einladenden Geste winkte der Drache Luzifer und Vampy zu sich und ließ sie auf zwei kleinen Silberthronen Platz nehmen, die ebenfalls wie Toilettenschüsseln aussahen. Dann klatschte er wieder in die Pranken und rief: »Das Ballett! Sofort!«

Luzifer und Vampy staunten nicht schlecht!

Etwa achtzig unterschiedlich große Skelette erschienen im Saal und begannen zu tanzen. Auf Ellbogengelenken, Mittelfußknochen und Schädeldecken bewegten sie sich so anmutig wie die Primaballerina eines echten Balletts. Mit unglaublicher Leichtigkeit bildeten sie verschiedene Figuren, Sterne und Blüten, die sich im Rhythmus der Musik öffneten und schlossen.

»Herrlich, dieses Rasseln der Knochen«, rief Luzifer so laut, dass es der Drache hören musste.

»Um ehrlich zu sein, hätten mir ein paar prall gefüllte Arterien besser gefallen«, meinte Vampy.

In diesem Moment sammelten sich alle Tänzer in der Mitte, bildeten einen großen Kreis, hoben und senkten abwechselnd die Arme, als ob sie eine Wasserspülung betätigten, und krächzten im Chor: *»Und am Ende dieser Show, trifft sich alles auf dem Klo.«*

Der Drache klatschte begeistert.

»Unsere Hymne«, erklärte er stolz seinen Gästen.

»Großartig!«, meinte Luzifer und zog sich vor lauter Klatschen fast das Fell auf den Pfoten ab.

»Unglaaaaublich!!«, stimmte Vampy ein und flatterte wie wild mit den Flügeln.

Am Ende der Aufführung verbeugte sich jedes Skelett einzeln vor dem Herrscher und den Gästen, um dann, so schnell, wie sie gekommen waren, wieder hinter dem Bühnenvorhang zu verschwinden.

»Das war nur die Ouvertüre«, erklärte der Drache, »der Höhepunkt beginnt erst jetzt.«

Ein Diener reichte ihm eine mit Diamanten besetzte Fernbedienung aus purem Gold, und im Thronsaal wurde es dunkel. Vor ihnen leuchtete ein riesiger Plasmabildschirm auf, der von Hunderten von kleineren Monitoren umgeben war.

Was Bart und Zoe nun zu sehen bekamen, ließ ihnen allerdings das Blut in den Adern gefrieren. Pausenlos wurden Schreckensszenarien gezeigt. Kriege, Armut, Hunger, Seuchen, abgeholzte Wälder, vergiftete Luft, verschmutztes Wasser, der Todeskampf von Tausenden von Tieren, aber auch von Menschen, die Hunger und Durst litten. Es gab schockierende Bilder von Massentierhaltung von Rindern, Schweinen und Hühnern. Unschuldige Wesen, die wie lebendige Tote dahinvegetierten und in Lastwagen gezwängt die letzte Reise ihres unglücklichen Lebens antraten.

Als auf dem Bildschirm ein riesiger Lastwagen voller Hühner auftauchte, kniff Zoe-Vampy die Augen zu und schluckte.

»Wunderbar!«, tat Luzifer begeistert, um von der Verzweiflung seiner Freundin abzulenken. »Ein großartiges Bild!«

Der Drache lächelte selbstgefällig.

»Aber das Beste kommt noch. Hast du dich irgendwann gefragt, wie mir das alles gelungen ist?«

»Ehrlich gesagt, das ist ein so grandioses Werk, dass ... es mich sprachlos macht.«

»Stimmt, mein lieber Teufel. Ein grandioses Werk kann nur von einem Genie geschaffen werden. Aber selbst ein Genie braucht eine perfekte Organisation.«

Mit seinen Schuppenfingern tippte er blitzschnell auf der Fernbedienung herum.

»Wir überwachen alles, was in der Welt passiert, und wenn uns etwas Störendes auffällt, leuchtet ein türkisfarbenes LED-Licht auf.«

Und genau in diesem Augenblick erschien auf einem der kleineren Monitore ein ebensolches Signal.

Bip bip bip ... bip bip bip.

»Siehst du, schon kann ich dir vorführen, wie es funktioniert«, sagte der Drache.

Auf dem Bildschirm erschien eine Lehrerin, die mit ihren Schülern in den Schulgarten ging. Die Kinder hatten kleine Schaufeln und Samentütchen in der Hand, und die Lehrerin erklärte ihnen, wie man die Samen in die Erde bringt, damit sie aufgehen und in ein paar Monaten bunte Blumen daraus werden.

Krächzröchelröchel.

Der Drache bekam einen Hustenanfall.

»Es gibt nichts Schlimmeres!«, stöhnte er. »Diese Liebe zur Schönheit muss sofort ausgerottet werden, dieses Virus ist hartnäckig. Trotz unserer intensiven Bemühungen taucht es immer wieder irgendwo auf der Welt auf.«

»Und was kann man konkret dagegen tun?«, fragte Luzifer beeindruckt.

»Moment!«

Der Drache tippte wieder auf der Fernbedienung herum, murmelte etwas und sagte dann: »Zuerst einmal bekommt die ganze Klasse Masern.«

Auf dem Monitor sah man nun die Kinder im Bett liegen, von Kopf bis Fuß mit roten Pusteln überzogen.

»Und wenn sie wieder gesund sind, ist die Pflanzzeit zum Glück schon vorbei. Sollen sie ruhig ihre Samen ausbringen, die werden dann aber in der Erde verrotten. Haha!«, lachte er hämisch.
»Und wenn diese Lehrerin so weitermacht, wenn sie wirklich nicht gehorchen will ...« – der Drache hielt inne und formte seinen Mund

so, als würde er etwas einsaugen –, »dann kommt das Austauschprogramm zum Einsatz.«

»Austauschprogramm?«, wiederholte Luzifer und tat so, als könne er mit dem Wort überhaupt nichts anfangen.

»Genau!«, antwortete der Drache mit einer theatralischen Geste und tippte wieder etwas ein.

Auf den Monitoren erschienen schlagartig Bilder aus allen Teilen der Erde. Auch wenn die Menschen im Bild völlig verschieden waren, hatten sie eines gemeinsam: Alle saßen sie konzentriert vor einem Bildschirm, einem Computer, einem Smartphone oder einem Tablet. Dann – wie aus dem Nichts glaubte man einen Peitschenhieb zu hören.

Klatsch!

Daraufhin veränderte sich der Blick der gefilmten Person, ihre Augen wurden weiß und stumpf wie bei alten Hunden.

»Soll das heißen, dass ...«, stammelte Luzifer, der seine Rolle nicht mehr so fest im Griff hatte.

»Genau«, kicherte der Drache zufrieden, »wir saugen ihnen ihre armen Seelen aus.«

»Ein fantastischer Plan. Einfach genial. Und dann?«

»Dann ersetzen wir ihre Seelen durch unsere Programme.«

»Und was passiert mit den Seelen?«, wollte Vampy wissen. »Macht Ihr einen Smoothie daraus?«

»Wollt ihr das wirklich wissen?«

»Oh ja!«, antworteten Vampy und Luzifer im Chor. »Wir wollen keine Grausamkeit verpassen.«

»Dann wechseln wir jetzt den Sender.«

Die Monitore wurden schlagartig schwarz, durchzuckt von wellenförmigen Linien.

BzzzBzzz.

»Entschuldigt, aber wir haben unten ein technisches Problem, das unsere Experten noch nicht lösen konnten. Vielleicht zu große Druckunterschiede.«

»Wo unten?«, fragte Luzifer.

»Tief unten in der Erde, wo ich sie gefangen halte.«

Langsam wurden die Bildschirme wieder heller, und das, was sie jetzt sahen, war an Grausamkeit kaum zu überbieten.

Meister Lu hatte richtig vermutet. Bart erblickte mit eigenen Augen den Saal, in dem sich riesige Wasserbecken, wie man sie für die Fischzucht benutzt, befanden. Statt Fischen schwammen darin allerdings gefangene Seelen.

Auf jeder Seele war noch der Ausdruck des Menschen zu sehen, aus der Zeit, als er noch frei gelebt hatte. Einige schliefen und wirkten unsagbar traurig, andere waren wach und kamen immer wieder an die Oberfläche, in der Hoffnung, jemand würde ihnen zu Hilfe kommen. Luzifer versuchte unauffällig, irgendeine dieser Seelen zu erkennen. Es waren so viele! Plötzlich aber machte sein Herz einen Sprung, als er das Gesicht einer freundlichen Frau zu erkennen meinte. Sie kam ihm vertraut vor ... und sie bewegte verzweifelt die Lippen, als ob sie ihm etwas sagen wollte. Barts Herz begann zu hämmern, doch genau in diesem Augenblick ...

Zack!

wurden alle Monitore schlagartig schwarz.

Der Drache hatte das Interesse an der Vorführung verloren. »Spürt ihr nicht auch ein leises Hungergefühl?«

»Oh doch«, antworteten Vampy und Luzifer im Chor, ihre Stimmen zitterten leicht.

»Und ich wäre ein schlechter Gastgeber, wenn ich euch mit leerem Magen auf die Heimreise schicken würde.«

Danach klopfte er mit dem Schwanz energisch auf den Boden.

Poch poch.

Die Türen am Ende des Saales öffneten sich, und aus der Küche erschienen wie von Zauberhand Zombies in Kellnerlivree, jeder mit einem Tablett in der Hand. Sie stellten die Tabletts vor ihrem Herrscher und den Gästen ab, zogen sich diskret zurück und verschwanden wieder in der Küche.

»Bitte, meine lieben Freunde«, sagte der Drache und lächelte etwas zu freundlich, »lasst es euch schmecken.«

Luzifer und Vampy lächelten zurück und legten sich die Servietten um den Hals.

Zuerst hob Vampy die Haube vom Teller hoch und musste sich sehr zusammenreißen, um nicht auf der Stelle in Ohnmacht zu fallen. Vor ihr stand ein elegant geschwungener Kelch, randvoll mit Blut gefüllt, dessen ekelerregender Geruch ihr in die Nase stieg. War das etwa Hühnerblut ...?

Vampy musste würgen.

»Behagt es euch nicht?«, fragte der Drache beflissen. »Das ist unser Vampirmenü. Und ganz frisch, dafür lege ich meine Hand ins Feuer.«

»Oh, ich zweifle nicht an der Qualität Eurer Küche« – Vampy zwang sich zu einem Lächeln, »aber … ich fürchte, das Blut ist Rhesus negativ, und dagegen bin ich allergisch, müssen Sie wissen.«

»Wie schade!«, sagte der Drache enttäuscht. »Und Sie, Meister Luzifer, haben Sie auch keinen Appetit?«

Für Bart sah die Lage nicht besser aus. Er hatte kaum die Haube auf seinem Teller angehoben, als er drei junge Kaninchen und zwei Küken erkannte, die an den Beinen zusammengebunden waren und zitternd darauf warteten, lebendig verschlungen zu werden.

»*Rooaaarrr!*«, knurrte Luzifer besonders laut, um sein Entsetzen zu überspielen. »Ich fürchte, die lange Reise ist mir ein wenig auf den Magen geschlagen. Nichts Schlimmes, aber ich denke, ein bisschen Fasten kann mir nicht schaden.«

Der Drache, der gerade nach einem angstvoll gurrenden Truthahn gegriffen hatte, um ihn sich genüsslich ins Maul zu schieben, legte ihn seufzend wieder zurück auf seinen Teller. »Gut, dann faste ich auch. Wie heißt es doch: Wer allein isst, stirbt auch allein.«

Der Herrscher der Finsternis klopfte erneut mit dem Schwanz auf den Boden, die Kellner tauchten auf, und in Windeseile war ihr Mittagessen wieder verschwunden. Dann griff er nach der Kiste mit den Zigarren, bot sie seinen Gästen an, die höflich ablehnten, und zündete sich eine Havanna an. Nachdem er wieder mit seinem Kammerherrn getuschelt hatte, sagte er:

»Gut, meine Lieben. Bis jetzt habe ich euch meine Welt gezeigt, jetzt seid ihr dran.«

Er griff nach einem Glas Whisky, das ihm ein Kellner reichte, kippte es in einem Zug herunter, wischte sich mit dem Rücken der Pranke über das Maul und ließ seinen gewaltigen Körper auf die Seite sinken, um es sich bequem zu machen.

»Es kann losgehen. Erzählt und lasst mich von euren fernen Welten träumen.«

Luzifer war die Anspannung deutlich anzumerken, während Vampy versuchte, ihre Angst unter Kontrolle zu bringen, indem sie krampfhaft auf ihre Krallen starrte.

»Tasmanien ...«, begann Luzifer, räusperte sich und hustete dreimal, »ist eine etwa 62 000 Quadratkilometer große subtropische Insel. Sie ist berühmt für ihre einzigartige Tierwelt, deren gefährlichster Vertreter meine Gattung ist, der Tasmanische Teufel. Aber der Wombat steht ihm in Sachen Bosheit in nichts nach.«

»Tasmanien ist auch für seine blutrünstigen Ureinwohner bekannt«, fuhr Vampy fort, »fast alle sind Kannibalen und Kopfjäger. Ihre Beute legen sie als Trophäen auf die Fensterbänke. Deshalb verbringen alte Vampirfledermäuse ihren Lebensabend gerne dort. Irgendwann ziehen sie alle dorthin, denn wenn man seine Zähne verloren hat, ist es mit der Nahrungssuche im Dschungel nicht mehr so einfach, und deshalb ...«

»Laaangweilig«, fauchte der Drache und gähnte ausgiebig. »Das weiß ich längst aus Wikipedia. Von euch erwarte ich mir mehr Action.«

»Also«, antwortete Vampy schnell, »ich habe mal Kinder bei einem Schulausflug in Angst und Schrecken versetzt, weil ich rund um ihren Bus ...«

Der Drache winkte ab. »Echte Abenteuer, lieber Vampir, kein banales Zeug.«

Im Saal breitete sich spannungsgeladene Stille aus.

»Vielleicht«, fuhr der Drache fort, »ist eure Erinnerung durch die lange Reise etwas eingerostet, und ich kann euch auf die Sprünge helfen. Ist euer erster Gedanken beim Aufstehen, wie und wo ihr Böses tun könnt? Habt ihr Hilfe verweigert, verletzt, gestohlen und getötet? Habt ihr alles gehasst, was schön, freundlich und mitfühlend ist, und habt ihr versucht, das Gute zu zerstören?«

Er sah sie belustigt an und versuchte seinen gewaltigen Körper zu bewegen, dabei sang er: »*Und am Ende dieser Show, trifft sich alles auf dem Klo.*«

»Aber vor allem, habt ihr gelogen?«, fuhr er fort. »Seid ihr imstande zu lügen und zu betrügen, immer und überall, und damit Unsicherheit und Verwirrung zu stiften? Lügen sind das Fundament meines Reiches.«

Luzifer riss sich zusammen, und mit einem letzten Aufwallen von Stolz sagte er: »Majestät, wie könnt Ihr daran zweifeln? Das Lügen liegt uns Tasmanischen Teufeln im Blut.«

»Wir Vampirfledermäuse lutschen Pfefferminzbonbons«, ergänzte Vampy, »damit man unsere Lügen nicht im Atem riechen kann.«

»Interessant, sehr interessant, aber ...« – der Drache kratzte sich nachdenklich am Hals – »wenn alle Tasmanischen Teufel lügen und du ein Tasmanischer Teufel bist, dann heißt das, dass du mich auch gerade belügst.«

Luzifers Knie begannen unkontrolliert zu zittern. »Aber nein, Eure Verlogenheit! Das würde ich nie wagen!«

»Das, lieber Luzifer, sind nichts als Worte, und ich bin schon immer ein Freund des Bildbeweises gewesen.«

Der Drache tastete nach seiner Fernbedienung, hielt sie Luzifer hin und forderte ihn auf: »Zeigt mir den Film eures Lebens.«

»Den Fi… Fi… Film?«

»Den Film, was sonst? Hier unten wird jede Kleinigkeit archiviert, über alles, was atmet und lebt.«

»Das wissen wir natürlich. Aber wir sind eher zurückhaltende Typen und stehen nicht gerne im Mittelpunkt …«

»Darum geht's doch gar nicht. Der Film eures Lebens existiert, ob ihr das wollt oder nicht. Wenn ich nicht alles unter Kontrolle hätte, wäre ich ein schwacher Herrscher.«

»Ich kann mich gerade nicht an den Kanal erinnern«, versuchte Luzifer Zeit zu gewinnen und tippte auf der Fernbedienung herum. »Du vielleicht?«, fragte er Vampy.

Auf dem großen Bildschirm erschienen unzusammenhängende Bilder, als wäre der Sender gestört.

»Ehrlich gesagt … da muss ich passen«, antwortete Vampy, und seine Flügel zitterten wie Espenlaub.

»Komisch«, grunzte der Drache und riss Luzifer die Fernbedienung aus den Pfoten. »Alle meine Untertanen kennen ihren Kanal, alle!«

Der sonst so gelangweilte Herrscher der Finsternis drohte die Fassung zu verlieren. Sein wabbeliger Körper begann zu beben, als würde er gleich explodieren. Ein Kellner eilte mit einem Kanister Kerosin herbei, den der Drache in einem Zug hinunterschüttete. Allmählich beruhigte er sich wieder. Nach ein paar Minuten sagte er mit samtweicher Stimme: »Ich bin ein guter Gastgeber und werde meinen vergesslichen Gästen auf die Sprünge helfen. Mit einem neuen Passwort finden wir den Film ihres Lebens …«

Er tippte eine Reihe von Zahlen in die Fernbedienung. Der Bildschirm wurde dunkel, dann wieder hell, bis der automatische Suchlauf schließlich den Kanal gefunden hatte. Alle im Saal hielten den Atem an und starrten nach oben, während sich Luzifer und Vampy auf ihren Thrönchen so klein wie möglich machten.

Bart erkannte den Ort des Geschehens sofort: zuerst die Treppe, dann den Flur, die Küche, das Wohnzimmer und das Schlafzimmer. Das war sein Zuhause. Die Wohnung schien leer zu sein, aber als die Kamera das Badezimmer erfasste, änderte sich der Eindruck. Zoe und er tauchten auf dem Bildschirm auf, klar und deutlich. Das Huhn saß auf der Klobrille, und der Junge puderte seine Federn. Alle Kammerdiener und Sicherheitsleute lachten. Nur ein Volltrottel konnte auf die Idee kommen, mit einer Henne wie mit einem Menschen umzugehen. Sie einzupudern, statt sie zu rupfen, zu würzen und auf einen Spieß zu stecken!

»Majestät, das sind wir nicht ...«, stammelte Luzifer verzweifelt.

»Du lügst!«, knurrte der Drache und blähte die Nüstern. »Alle Tasmanischen Teufel sind Lügner! Wächter! Nehmt sie fest!«

Im Saal brach Chaos aus.

Bart rannte hin und her, verfolgt von knochigen Zombiehänden, während Zoe versuchte mit ihren schweren Schuppenflügeln mühsam vom Boden abzuheben.

»Wo will sie hin?«, fragte sich Bart eine Nanosekunde lang, als er sah, wie sie direkt auf den Drachen zuflog. Was hatte sie vor? Ihm an die Gurgel zu gehen?

Oder hatte sie einfach nur die falsche Richtung eingeschlagen, so richtig gut fliegen konnte sie ja nicht.

»Zoeeee!«, schrie Bart aus voller Kehle. »Zoeee!!«

Er musste sie aufhalten, doch da packten ihn bereits zwei Zombies mit Tentakelarmen. Gleichzeitig kam aus dem Maul des Drachen ein Feuerstoß, der Zoe an den Flügeln erwischte. Bart hörte nur noch das grausame Lachen der Zombies und bemerkte, wie sich der Geruch nach Brathähnchen im Saal ausbreitete.

21. Kapitel
Was soll Bart nur ohne Zoe machen?

Wie lange dauerte es noch, bis die Sonne aufging? Aus seiner Zelle konnte Bart das nicht erkennen. Der Ausgang war von einer schweren Holztür versperrt, und das in den Fels gehauene Gefängnis hatte keine Fenster.

In den vorangegangenen Tagen hatte er sich Zentimeter um Zentimeter durch die Dunkelheit getastet, aber nichts entdecken können. Das Einzige, was ihm anzeigte, wie die Zeit verging, war ein Tröpfeln in der hinteren linken Ecke.

Plitsch platsch plitsch platsch.

Ging da etwa eine Wasserader durch das Gestein? Oder drang der Regen allmählich in seine Zelle? Dieses Tröpfeln war seine Uhr.

Er hatte bis sechzig gezählt und wusste daher, wie viele Tropfen in einer Minute fielen. Hochgerechnet auf Stunden hatte er eine ungefähre Ahnung, wie viel Zeit vergangen war. In der ganzen Zeit war niemand gekommen, die Klappe in der Decke war nicht geöffnet worden. Er bekam nichts zu essen und zu trinken. Warum sollten sie ihn auch am Leben halten?

Flucht war unmöglich. Wollten sie ihn verhungern lassen? Bart wusste es nicht.

»Wir werden viel Spaß haben«, hatte ihm die Riesenkakerlake ins Gesicht gelacht, als sie die Zellentür zugeschlossen hatte.

Nach seiner Gefangennahme war er an die Polizei des Reichs der Finsternis ausgeliefert worden, die vor allem aus Kakerlaken und Ratten bestand. Bart wusste nicht recht, von welcher Art Spaß der Wächter sprach, aber eines war sicher: *Sie* würden Spaß haben, *er* nicht.

Er spürte, wie seine Beine nachgaben, ob aus Angst oder Hunger wusste er nicht. Vielleicht wegen beidem.

Plitsch platsch.

»Ohnmächtig werden wäre jetzt nicht schlecht«, dachte Bart, »dann bekomme ich wenigstens nichts mehr mit.«

Seine Albträume zu Hause fielen ihm ein, aus denen er voller Panik hochgeschreckt war, um nach einer Weile erleichtert festzustellen, dass es nur ein Traum gewesen war. Doch jetzt erlebte Bart die schreckliche Realität – und die einzige Möglichkeit, aus diesem Wirklichkeit gewordenen Albtraum zu fliehen, wäre die Ohnmacht.

Er hatte versucht über seine Gedanken mentalen Kontakt mit

Meister Lu aufzunehmen, doch ohne Erfolg. Es musste hier, tief unten in der Erde, störende Magnetfelder geben, die seine Hirnströme nicht überwinden konnten.

Während Bart so in Gedanken versunken war, hörte er ein leises Kratzen an der Tür.

Kratz kratz.

Der Kerkermeister öffnete die Klappe und ein Lichtstrahl fiel in die Zelle. In dem hellen Quadrat erschienen die schwarzen Augen seines Wächters.

»Ein Geschenk vom Boss«, krächzte die Monsterkakerlake, klapperte mit den Stummelflügeln und hielt ihm ein Tablett voller Leckerbissen entgegen.

»Iss nur. Der Drache möchte, dass du in Topform bist, damit er ordentlich Spaß mit dir haben kann.«

Taumelnd richtete Bart sich auf, um nach dem Tablett zu greifen.

»Guten Appetit, Luzifer«, sagte die Kakerlake leise, bevor sie die Klappe wieder schloss. »Pass auf, dass du nicht ausrutschst und hinfällst.«

Bart stellte das Tablett vorsichtig am Boden ab. Sechs rote Kerzen in einem Silberleuchter beleuchteten die silbernen Abdeckhauben. »Hoffentlich nicht das gleiche Menü wie im Thronsaal«, dachte er und zögerte kurz. Er würde lieber verhungern, als etwas noch Lebendes zu essen. Aber es roch wirklich gut.

Bart fasste Mut und hob die erste Haube an, dann seufzte er erleichtert.

Auf dem Teller darunter dampfte eine Lasagne, so sahnig und lecker, dass seine Magensäfte jubelten: »Los, iss!«

Bart schaufelte die Lasagne in sich hinein und machte sich danach über die Pommes her. Langsam kehrten seine Kräfte zurück. Wenn er sich einer Prüfung stellen musste, auch wenn es seine letzte sein würde, dann wollte er wenigstens fit sein.

Ob er den dritten Teller auch noch schaffte? Er dachte daran, wie glücklich Zoe über ein solches Festmahl gewesen wäre. Sie würde so etwas Köstliches nicht verschwenden wollen, er musste ihr zu Ehren auch noch die dritte Haube lüften.

Bart hob sie hoch, aber das Gericht wurde von einem eleganten weißen Umschlag bedeckt. Er öffnete ihn und zog eine Karte heraus, auf der mit verschnörkelter Schrift zu lesen war: »Mit den besten Wünschen seiner Majestät, dem Drachen. Guten Appetit!«

Bart blieb fast das Herz stehen. Auf dem Salatbett ruhte, von dampfenden Kartoffeln umgeben, ein gebratenes Hühnchen ohne Kopf. »Bist du das wirklich?«, fragte Bart mit zitternder Stimme.

Das Brathuhn antwortete nicht.

Er streckte einen Finger nach der goldbraunen Kruste aus, aber bevor er sie erreichte, zog er ihn wieder zurück. »Bist du ... bist du ...?«

Bevor er den Satz zu Ende bringen konnte, brach er in Tränen aus. Er ließ sich wie eine Marionette nach vorne sinken, schloss die Augen und weinte bitterlich. »Zoe ... meine liebe Zoe ...«, schluchzte er untröstlich, »du hast mich gerettet, und ich ... ich habe es nicht geschafft.«

Von Selbstvorwürfen und Ängsten überwältigt, weinte sich Bart in den Schlaf. Kurz bevor er einschlief, versprach er seiner Freundin noch, dass er dem Drachen so richtig die Hölle heiß machen würde. Ihr zu Ehren.

22. Kapitel
Die alles entscheidende Schlacht

Bart schreckte hoch, als er Stimmengewirr und donnernden Applaus hörte. Der Lärm kam von einer aufgeregten Menge, die mit Stäben auf alles schlug, was Geräusche machte, und dabei seinen Namen brüllte. Seinen richtigen Namen:

»Bart! Bart! Bart!«

Er sprang auf und rieb sich mit den Pfoten das Gesicht sauber. Er hatte zwar noch Reste vom Teufelsfell auf dem Körper, aber seine Gedanken und Gefühle und vor allem sein Mut waren von Bart. Nur von Bart.

Es kam ihm vor, als sei er am Aschermittwoch aufgewacht, der Fasching war vorbei, aber er hätte vergessen, sein Kostüm auszuziehen. Niemand fand es mehr witzig. Bald würde sich die Tür der Zelle öffnen, und er würde in die Arena gezerrt werden, wo sein Leben auf schreckliche Weise nach ein paar Minuten zu Ende wäre.

Er dachte an Meister Lu, an das, was er ihm beigebracht hatte, und die Worte von Zoes Großmutter kamen ihm wieder in den Sinn: *Wenn du in der Arena bist, musst du kämpfen, auch wenn du kein Hahn bist.* Er stellte sich auf ein Bein und begann in seiner Kung-Fu-Lieblingsstellung zu meditieren. Und als er bereit war, tanzte er in der Zelle den Tanz des Reihers und den Tanz des Tigers.

Kaum war er damit fertig, öffnete sich quietschend die Zellentür. Das Geräusch klang wie die schrille Stimme einer Ratte. Vor ihm war die Kakerlaken-Ehrengarde in Festtagsuniform angetreten, mit goldenen Schnüren und Helmen mit Straußenfedern. Sie zerrten ihn aus der Zelle und schoben ihn vor sich her. Am Ausgang des Gefängnisses nahm ihn der Großwesir der Rattenwächter in Empfang und sperrte ihn in einen Käfig, der aus dem Skelett eines Nilpferds gefertigt war und von Riesenskarabäuskäfern gezogen wurde, die wie die Pferde der Königskutsche bei einem Festumzug geschmückt waren.

Erst jetzt konnte Bart durch die Nilpferdrippen hindurch erkennen, woher der Höllenlärm kam, der ihn aufgeweckt hatte. Rechts und links der Straße standen dicht an dicht seltsame Kreaturen und menschenähnliche Lebewesen. Vielleicht brachten sie ihn nicht gleich um, dachte Bart, damit möglichst viele etwas von dem Spektakel hatten.

In der tobenden Menge erkannte er wieder die Zombies, riesige Ratten, Werwölfe, echte Vampire und andere Monster, die er nicht genauer benennen konnte. Seine Hinrichtung schien sämtliche Kreaturen der Unterwelt anzulocken.

Unvermittelt blieb die Kutsche stehen. Sie waren vor einem gewaltigen Portal angekommen, das Bart noch nie gesehen hatte. Die Großwesir-Ratte zog eine Fernbedienung aus seinem Umhang, und das Tor rollte flüsterleise zur Seite.

Das Erste, was Bart danach auffiel, war die dumpfe Feuchtigkeit, die ihm entgegenschlug, und ein betäubender Geruch, der ihm bekannt vorkam. Chlor!

Als ihm vollends klar war, wo er sich befand, konnte er gerade noch einen Aufschrei unterdrücken. Es war ein Hallenbad! Schlimmer hätte es kaum kommen können.

Ein Schwimmbecken von olympischen Ausmaßen, mit abgetrennten Bahnen und Sprungtürmen unterschiedlicher Höhe, umrahmt von überfüllten Tribünen mit erwartungsvollen Zuschauern.

Auf eine solche Sensation hatte das Reich der Finsternis lange warten müssen.

Vor dem höchsten Sprungturm lag der mit Spinnweben bedeckte träge Körper des Drachen.

»Willkommen!«, dröhnte er, als Bart aus dem Käfig gezerrt wurde. »Wir alle heißen dich herzlich willkommen, lieber Luzifer. Oder soll ich dich lieber Bart nennen?«

»Bart natürlich!«, antwortete Bart stolz und schaute dem Drachen fest in die Augen.

»Gut, lieber Bart. Bevor wir beginnen, möchte ich dir im Namen des ganzen Reichs der Finsternis für den unterhaltsamen Abend danken, den du uns schenken wirst.« Der Drache hielt inne, und der Kammerherr eilte auf ihn zu, eine Flasche Whisky in der Hand.

»Das Sprechen trocknet mir die Kehle aus«, meinte er, leerte die Flasche in einem Zug und warf sie hinter sich.

»Weißt du, Bart, ich hätte dich auch gleich in Asche verwandeln können, dich und deine leichtgläubige, gefiederte kleine Freundin. Zwei winzige Aschehäufchen, das wär's gewesen. Danach wieder die gewohnte Langeweile. Daher gilt meine aufrichtige Dankbarkeit euch beiden, denn deine oder, besser gesagt, eure Dummheit hat etwas Abwechslung in unseren öden Alltag gebracht. Du stehst jetzt am Ende deines kurzen Lebens, und deshalb kann ich dir ein Geheimnis verraten.« Der Drache seufzte tief und fuhr fort. »Wir langweilen uns hier zu Tode, seit Millionen von Jahren immer wieder das Gleiche. Natürlich können wir mit unserer Supertechnologie die ganze Welt beherrschen, wir überwachen alles und programmieren jeden. Alles ist perfekt. Aber wie soll ich es sagen? Es fehlt der Nervenkitzel. Der Kick. Was für einen Spaß soll es machen, jemanden zu besiegen, der ohnehin keine Chance hat und gar nicht weiß, gegen wen er kämpfen soll?«

Er lachte röchelnd und wurde von einem Hustenanfall geschüttelt.

»Ich weiß, Dankbarkeit ist ein Gefühl, das sich eigentlich von selbst verbietet, aber mit der Langeweile kommen solche Gedanken hoch. Auch wenn es ... die Dankbarkeit für eine bevorstehende Hinrichtung ist. Da dürfen wir uns schon mal erlauben, *hahaha*, dankbar zu sein.«

Nach diesen Worten ließ der Drache seinen gewaltigen Schwanz dreimal dröhnend auf den Boden klatschen.

Platsch! Platsch! Platsch!

Dann verkündete er: »Schluss mit dem Trübsinn! Das Spektakel möge beginnen!«

Die Menge begann zu johlen.

Dann, auf einen Schlag, gingen die Lichter aus, und ein Scheinwerfer tauchte Bart in gleißendes Licht. Er wurde von zwei Rattenwächtern zum Sprungturm begleitet, an Flucht war nicht zu denken.

Als das Licht in der Schwimmhalle plötzlich wieder anging, stand Bart direkt vor dem Drachen und erkannte voller Panik, wie dieser einen großen Kanister Kerosin in sich hineinschüttete, der von mehreren Dienern herbeigeschleppt worden war.

»Ich hoffe, du magst Feuerball!«, sagte er höhnisch.

Seinen Worten folgte ein Hustenanfall.

Keuch, keuch, keuch.

Als der Anfall abgeebbt war, fuhr er fort: »Ich liebe dieses Spiel. Ich erkläre dir die Regeln. Du bist der Ball, und ich bin das Feuer. Jedes Mal, wenn du an die Wasseroberfläche kommst, versuche ich dich zu treffen. Natürlich kannst du so lange unter Wasser bleiben, wie du willst. Mogeln ist verboten, zum Beispiel am Beckenrand festhalten, künstlicher Sauerstoff oder die Verwandlung in einen Delfin. Klar?«

Bart versuchte trotz seiner Horrorvorstellungen nicht die Kontrolle zu verlieren.

»Ah, Bart, das hätte ich ja fast vergessen! Ich hoffe, das Mittagessen hat dir geschmeckt und dich wieder aufgebaut, damit du möglichst lange durchhältst …«

Ein Schauer erfasste Bart, er musste an Zoe denken.

Da ertönte ein langer Trommelwirbel. Die elektrisierte Menge war nicht mehr zu halten und warf Müll und Sitzkissen ins Wasser.

»Spring! Spring!«, schrien sie aus Leibeskräften.

Bart erreichte das Ende der Treppe. Er streckte sich wie ein Profi, und ohne zu zögern machte er einen perfekten Kopfsprung.

Wssssschzisch!

Die Feuerzunge leckte noch an seinen Füßen, bevor sein Körper im Wasser verschwunden war.

Bart blieb so lange unter Wasser, wie es seine Lungen erlaubten, dann schoss er wie ein Blitz nach oben, atmete tief ein und ließ sich wieder unter die Wasseroberfläche sinken, bevor ihm ein erneuter Flammenstoß den Kopf verbrennen konnte.

Zum Glück warf das Publikum weiter Gegenstände ins Wasser, es bildeten sich kleine Inseln, zwischen denen Bart immer wieder überraschend auftauchen konnte, mal hier, mal da, ohne dass der Drache ihn gleich entdeckte.

Bart fühlte sich gut, aber er wusste, dass seine Kräfte nicht mehr lange reichen würden. Er atmete keuchend, seine bleischweren Beine und Arme gehorchten ihm nicht mehr. Wäre es nicht besser, aufzutauchen und sich einfach grillen zu lassen?, dachte er erschöpft. Dann wäre das Spektakel ein für alle Mal zu Ende ... Was hatte er schon für Chancen gegen dieses Ungetüm? Er war kein Held! Aber jetzt aufzugeben hätte Zoes Großmutter ganz und gar nicht gefallen! Und Meister Lu erst recht nicht.

Kämpfe!, sagte er sich. Denn man weiß nie, wer schlussendlich wirklich das Wort »Ende« schreibt.

Bei diesem Gedanken bemerkte Bart, dass im Hallenbad etwas Ungewöhnliches passiert sein musste. Auch wenn er gerade unter Wasser war, konnte er den überraschten Aufschrei der Menge hören. Er tauchte auf und sah, wie sich ein Lichtstrahl dem Drachen näherte.

Oder war das ein Stück eines Regenbogens?

Der Drache spuckte kein Feuer mehr. Bart beobachtete aus seinem Versteck das Geschehen. Unglaublich!

Absolute Stille. Nicht mal ein Atemgeräusch oder Husten.

Und in dieser gespenstischen Atmosphäre hörte Bart plötzlich eine feine Stimme, die wie vom Wind getragen durch den Raum zu wehen schien.

»Mistral ... Mistral ...«

Der Drache drehte den Kopf in die Richtung, aus der die Stimme kam, und sah hoch oben auf dem Sprungturm eine weiße Taube sitzen. Der Vogel brachte ihn völlig aus dem Konzept.

»Packt sie!«, befahl er den Wachen, aber seine Stimme war nur ein Flüstern.

Die Taube bewegte sich nicht.

»Mistral, erinnerst du dich nicht an mich?«

Das schlaffe Schuppenkinn des Drachen erzitterte, als die Taube zu singen begann:

»Als Farbtupfer geboren, du wunderbare Blume, oh du Lilie aller Lilien, du Schönste aller Schönen ...«

Jetzt zitterte nicht nur das Kinn, der ganze mächtige Drachenkörper begann zu beben wie ein Pfefferminz-Wackelpudding auf einem Skateboard. Aus seiner Kehle drang ein unsicheres Stimmchen, wie ein Kind, das gerade ein Gedicht vorlas:

»Die Taube, die auf dem Hügel wohnte, auf dem Felsen baute sie ihr Nest.

Ach, schenk mir eine Feder, aus deinem prächtigen Gefieder …«

Bei diesen Worten schloss die Taube sanft die Augen: »Wie schön, Mistral, du erinnerst dich noch.«

»Bist du es … wirklich?«, stammelte der Drache. »Zefira?«

»Ja, Mistral, die bin ich.«

Die Zuschauer auf der Tribüne begannen unruhig zu werden. Sie verstanden diese Programmänderung nicht. Warum wurde ihr sonst so gnadenloser Herrscher vor einem weißen Täubchen plötzlich sentimental rührselig?

War dieses stammelnde Häufchen Elend wirklich der unerbittliche Weltzerstörer?

»Zefira, Zefira«, flüsterte er immer wieder, als sei er von diesem Wort verzaubert, während sich sein Blick in einer anderen Dimension zu verlieren schien. »Zefira, wie ist das möglich? Du warst doch …?«

Die Taube plusterte sich auf, und mit der Stimme einer fürsorglichen Mutter, die ihr Kind trösten will, sagte sie: »Mistral, Mistral! Erinnerst du dich nicht an unsere gemeinsamen Tage und Nächte? An den Vollmond, der Himmel und Erde beleuchtete? Hast du vergessen, wie wir Seite an Seite auf dem Felsen gesessen und das silberne Licht bewundert haben, das er auf die Meereswellen malte? Du hast sogar die stürmischen Tage geliebt, es gab immer etwas, was dich glücklich gemacht hat. Weißt du noch, wie wir Verstecken gespielt haben? Du hast dich hinter die Felsen gekauert, und ich musste dich suchen?«

Der gewaltige Drache hörte zu, den Kopf gesenkt, er war nicht mehr er selbst.

»Ja, ich erinnere mich«, sagte er mit schwacher Stimme, »aber ich weiß auch, dass ...«

»Dass?«

»Dass du tot bist. Sie haben dich umgebracht.«

»Mistral, Mistral, wie kannst du nur so ungläubig sein? Weißt du nicht, dass die Poesie niemals stirbt? Niemals!«, sagte die Taube mit ernster Stimme. »Du kannst die Gefühle in deinem Herzen sterben lassen, aber nicht in der Poesie. Du warst mein bester Freund, weil deine Welt voller Zauber und Tatendrang war. Und jetzt ... was ist aus dir geworden?«

»Na ja, ich bin ein bisschen älter ...«, versuchte sich der Drache zu rechtfertigen, »und einige Kilo schwerer.«

»Stimmt. Aber vor allem wirkst du gelangweilt«, erwiderte die Taube.

»In der Tat ...«, seufzte er, »hier unten wird man so, du weißt ja, wie es ist, alleine zu sein. Ich bin zwar der uneingeschränkte Herrscher, alle sind mir zu Diensten, aber das Sonnenlicht sehe ich nie, und ...«

»Hat dich jemand dazu gezwungen, Mistral?«

»Ehrlich gesagt, nein«, murmelte der Drache, ohne den Blick vom Boden zu lösen. »Ich habe das getan, um dich zu rächen. Die Welt sollte für deinen Tod bezahlen.«

»Die Rache lässt dich von innen austrocknen wie eine Wüste. Und macht dich einsam. Warum willst du alles Schöne zerstören?«

»Ich habe dich über alles geliebt und durch deinen Tod alles verloren. Niemand sollte mehr glücklich sein.«

Die Taube schüttelte betrübt den Kopf.

»Man zerstört nichts aus Liebe. Du hast dich selbst in einen Käfig gesteckt, derselbe Käfig, in den du die Welt zwingen willst. Was ist nur aus dir geworden? Aus deinen Fähigkeiten und Talenten?«

Der Drache erinnerte sich. Wie schön war es gewesen, immer und überall verschwinden zu können! Und die anderen zu überraschen, wenn er sich plötzlich irgendwo zeigte. Wie hatte er es genossen, ein schüchterner Chamäleondrache zu sein! Damals hatte alles einen Sinn.

Er hatte immer gewusst, dass er anders war als die anderen Drachen, die die Welt in Angst und Schrecken versetzten. Und jetzt war er noch schlimmer geworden, als sie jemals gewesen waren.

Eine abgrundtiefe Verzweiflung erfasste ihn. Er hob den Kopf und sah sich um. Vor ihm lag ein Schwimmbecken voller Dreck, in dem ein Junge schwamm, den er zum Tode verurteilt hatte. Auf den Tribünen saßen seine treuen Untertanen, abgestumpfte Wesen, ohne eigene Gedanken, ohne Gefühle. Sie langweilten ihn zu Tode. Seit Jahrtausenden hatte er keine Blume mehr erblühen sehen oder nicht mehr das Glücksgefühl erlebt, wenn die Sonne im Meer versinkt.

»Du hast recht, Zefira«, seufzte er, und über sein Gesicht liefen Tränen, »ich habe unseren Traum verraten, ich habe alles falsch gemacht. Mir bleibt nur ...«

»Warum fängst du nicht noch mal von vorne an, statt herumzujammern und in Tränen zu zerfließen?«, fragte Zefira. Ihre Stimme war gut zu verstehen, obwohl sie hoch oben auf dem Sprungturm saß.

»Von vorne anfangen?«, murmelte der Drache verwirrt. »Unmöglich in meinem Alter. Ich bin zu alt. Ich habe Abertausende von Jahren auf dem Buckel.«

»Ich glaube eher, du bist einfach zu gelangweilt. Indem du dich und dein Leben aufgegeben hast, hast du die Hoffnung verloren. Und ohne Hoffnung gibt es keine Perspektive, und man wird alt, da hast du recht. Sehr alt sogar.«

Mistral ließ entmutigt die Arme sinken. »Aber wo soll ich anfangen ...«

»Mit den einfachen Dingen.«

»Zum Beispiel?«

»Den Jungen retten.«

Doch wo war Bart eigentlich? Er versteckte sich noch immer im Wasser, ein großes Kohlblatt auf dem Kopf. Er hatte das ganze Gespräch zwischen Zefira und dem Drachen verfolgt, aber jetzt wartete er gespannt ab, ob Mistral auf Zefiras Vorschlag überhaupt einging. Zunächst schien es so, als würde der Drache gar nichts machen, aber dann bewegte er sich doch und schlurfte schwerfällig zum Beckenrand. Er winkte Bart zu sich.

Bart zögerte. Er blickte zu Zefira hoch, die ermunternd gurrte und mit den Flügeln flatterte.

Dann sah er wieder in das tränenüberströmte Gesicht des Drachen.

Bart, sagte er zu sich, du musst wieder eine Entscheidung treffen!

Schließlich gab er sich einen Ruck und schwamm in Richtung Treppe.

Mistral griff nach ihm, setzte ihn vorsichtig auf seine geöffnete Handfläche und hob ihn hoch. Aus dem Maul des Drachen drang beißender Kerosingeruch. Es stank wie bei einem undichten Ofen.

Zum allerersten Mal erkannte Bart, dass sich hinter den flammenden Drachenaugen der verzweifelte Blick einer Kreatur verbarg, die viel zu lange allein gelassen worden war.

»Mein kleiner Luzifer«, sagte Mistral, »mein kleiner, mutiger Luzifer, ich bitte dich von ganzem Herzen, verzeih mir!«

In der Schwimmhalle herrschte absolute Stille. Alle Zuschauer warteten ab, was Bart nun sagen würde. Die Untertanen ahnten, dass von der Antwort des Jungen ihre Zukunft abhing.

Bart sammelte seine ganze Energie und sah wieder die Zerstörung des Lands der Einsiedler vor sich.

Den Müll am Strand und die sterbenden Delfine.

Er sah die Bilder der Monitore, wie die Seelen der Menschen ausgesaugt und umprogrammiert wurden. Und er sah auch Zoe-Vampys letzten Flug, die Flammen, die ihre Flügel verbrannten und sie zu Boden stürzen ließen.

Bart dachte an Meister Lu, seine Gelassenheit, seine Geduld, seinen festen Willen, das Land der Einsiedler zu retten. Er schloss die Augen, und als er sie wieder öffnete, sah er die tränenverschmierte Schuppenschnauze des Drachen. Er fixierte ihn, dann atmete er tief ein. Und aus. Und sagte: »Ja, ich verzeihe dir.«

Die Zuschauer, denen Mistral das Denkvermögen und die Gefühle genommen hatte, verstanden nicht, was da vor sich ging. Die Menge wogte hin und her, niemand wusste, wie sie sich verhalten würde. Bart blickte beunruhigt zu den Tribünen hinauf. Und wenn sie sich gegen ihren Herrscher auflehnen würden? Aber gerade als er diesen Gedanken hatte, geschah ein Wunder. Egal, ob Zombies, Werwölfe, Vampire oder andere Kreaturen: Alle verwandelten sich in schillernde Seifenblasen.

Plopp plopp plopp.

Wie lange hatte Bart dieses Geräusch nicht mehr gehört? Kleine Blasen, große Blasen, die platzten und sich eine nach der anderen auflösten.

Plopp plopp plopp.

Wie von Zauberhand waren die Bewohner des Reiches der Finsternis verschwunden, nur noch wenige Spuren waren geblieben, ein Schuh, ein Zigarettenetui, Knöpfe oder einige Gebisse alter Vampire.

Zefira war auf Mistrals Pranke geflogen und hatte Bart ins Ohr geflüstert: »Lass mich nicht aus den Augen und folge mir.«

Einige Sekunden später begann der mächtige Körper des Drachen zu zittern und zu zucken. Er bäumte sich auf, blähte die Nüstern, sank wieder in sich zusammen, um sich erneut aufzubäumen, als ob er sein Inneres nach außen kehren wollte. Bart schwankte auf der Drachenpranke und hielt sich fest. Doch dann setzte ihn der Drache vorsichtig am Boden ab. Unmittelbar danach verwandelte sich sein massiger Körper in Quecksilber und teilte sich in unzählige kleine Kügelchen, die in alle Richtungen davonrollten.

Bart schaute wie verzaubert auf dieses unglaubliche Schauspiel.

Die kleinen Kügelchen sprangen nach hier und nach dort und verwandelten sich in leuchtende Kristalle. In ihnen konnte man die schönsten Orte der Erde bewundern:

Schneebedeckte Berge, geheimnisvolle Blumen in der Wüste. Den Dschungel mit seinen tosenden Wasserfällen, die weißen Felsen am Meer.

Zefiras Stimme durchbrach den Zauber. »Er hat es geschafft. Er hat sich für das Glück entschieden und ist wieder Mistral geworden, der freundliche Chamäleondrache, der sich jederzeit und überall verwandeln und verstecken kann!«

Ein Knall unterbrach ihren Redeschwall. »Bart!«, rief sie erschrocken. »Wir müssen uns beeilen!«

Donnernd brach das Dach der Schwimmhalle ein, einer der Eisenpfeiler und der Sprungturm versanken im Wasser. Alles um sie herum knirschte und ächzte, wie ein morsches Holzschiff im Orkan.

Zefira flog zum Eingangstor. »Lauf!«, schrie sie Bart zu. »Ohne den Drachen bricht das Reich der Finsternis zusammen!«

Ein fürchterlicher Sturm kam auf, der sich in ein verheerendes Erdbeben verwandelte. Unter Barts Füßen begann die Erde zu erzittern.

Zafira sprach japsend weiter: »Weißt du, was meine Großmutter immer gesagt hat? Wer weiß, wofür das gut ist!«

»Na ja, zumindest können sich hoffentlich die gefangenen Seelen da unten befreien«, rief Bart atemlos zurück. Dann blieb er wie versteinert stehen.

»Hast du grad von deiner Großmutter gesprochen? Bist du etwa ...?«

»Für Erklärungen haben wir keine Zeit!«, fiel ihm Zefira ins Wort. »Rette sich, wer kann!«

Mittlerweile waren sie am Lastenaufzug angekommen, der schon stark beschädigt war. Zefira flog auf die Plattform.

»Bart! Spring!«

Kaum hatte er die Plattform erreicht, begann sich der Aufzug um sich selbst zu drehen und zog sie nach oben.

Swoooosch!

23. Kapitel
Rückkehr nach Hause

Die Landung war wie jede Landung: traumatisch. Bart fühlte sich wie ein Hemd, das gerade in der Waschmaschine durchgeschleudert worden war.

Sein Magen hing in den Ohren, und in seinem Kopf drehte sich alles.

Er merkte sofort, dass er nicht mehr Luzifer, sondern wieder Bart war. Kein schwarzes Fell, keine scharfen Krallen mehr.

Und zu seiner großen Überraschung bemerkte er, dass neben ihm in den Zweigen eines Busches nicht Zefira saß, sondern Zoe!

Traurig betrachtete sie ihre Flügel.

»Ich habe wirklich die Nase voll von diesen Turbulenzen. Wenn ich noch mal so herumgeschleudert werde, sehe ich aus wie ein alter Staubwedel.«

»Zoe! Du bist es wirklich!«, rief Bart.

»Natürlich, wer sonst, Milchgesicht?«

Bart fasste sich ungläubig an den Kopf. »Ich fühle mich wie im falschen Film. Warum sind wir plötzlich hier? Und vor allem, wo ist hier?«

Zoe sah sich um. »Ich kenne mich zwar nicht so gut aus, aber ich wette, das ist ein Park.«

In der Ferne erkannte man einen kleinen See mit Enten und Schwänen, umrahmt von gepflegten Blumenbeeten mit blühenden Narzissen und Stiefmütterchen.

»Das ist der Park von Meister Lu!«

Inzwischen hatten sie sich beide aus dem Gestrüpp befreit.

»Jetzt mal Klartext!«, sagte Bart. »Bist du nun Zefira oder Zoe? Oder sogar beide? Ich verstehe nur Bahnhof. Der Drache hat dich doch mit seinem Feuerstoß verbrannt! Das habe ich mit eigenen Augen gesehen!«

»Schon, meine Vampirflügel hat er angesengt, aber ...«

»Aber?«

»Du hast eins übersehen.«

»Was denn?«

»Den Talisman von Meister Lu!«

»Aber er hatte uns doch gar nicht erklärt, wie man den Glücksbringer benutzen muss!«

»Manchmal ist das auch gar nicht nötig.«

»Heißt das, du kanntest das Zauberwort?«

»Ehrlich gesagt, ich glaube nicht, dass es ein Zauberwort gibt. Als dieser gepanzerte Fettkloß mir die Flügel gegrillt hat und ich abgestürzt bin, ist mir eingefallen, dass ich ja den Talisman bei mir habe. Also habe ich ihn benutzt.«

»Und wie?«

»Ich habe dir doch erzählt, dass er so gut gerochen hat.«

»Du hast ihn gefressen??«

Zoe nickte genüsslich. »Genau, und er war sehr lecker.«

»Bist du vielleicht unter die Fakire gegangen? Frisst du jetzt sogar Amulette?«

»Das war kein Amulett, sonst hätte ich bestimmt Magenkrämpfe bekommen.«

»Was war es denn dann?«

»Ein Weizenkorn.«

»Ein Weizenkorn?«

»Ja, ich habe es aufgepickt und ...«

»Und?«

»Und in meiner Verzweiflung habe ich den ersten Gedanken ausgesprochen, der mir in den Sinn kam.«

»Und das war?«

»*Rette mich!*«

»Und danach hast du dich in Zefira verwandelt?«

»Genau. Im Grunde war es das Weizenkorn, das die endgültige Zerstörung des Lands der Einsiedler verhindert hat. Ein ganz banales Weizenkorn. Allerdings hat die ganze Geschichte bei mir einen bitteren Nachgeschmack hinterlassen.«

»Und warum?«

»Na ja, meinst du nicht auch, dass ich es als Lohn für meine Mühen verdient hätte, für immer und ewig eine schnittige Taube zu bleiben und meine gut gepolsterten Hennenhüften eintauschen zu können?«

»Keine Ahnung«, sagte Bart, »ich finde dich als Zoe schöner. Da hat man mehr im Arm.«

Und dann umarmten sie sich. Bart hatte seine Nase in Zoes Gefieder vergraben, und sie machte leise gackernde Geräusche, als würde sie ihre Küken zu sich rufen. Eine Weile blieben sie einfach so ineinander verhakt stehen.

Es war ein herrlicher Maitag, die Linden standen in voller Blüte, und ihr Duft verbreitete sich im ganzen Park.

Aus der Ferne hörte man die glücklichen Stimmen der Kinder, die mit ihren Fahrrädern über die Kieswege flitzten. Als Zoe eine Amsel sah, die sich abmühte, einen Wurm aus dem Rasen zu ziehen, löste sie sich aus der Umarmung.

»Entschuldige, Milchgesicht, aber die Pflicht ruft.«

»Was für eine Pflicht?«

»Der Hunger!«

Bart schüttelte amüsiert den Kopf, setzte sich ins Gras und betrachtete seine Freundin, wie sie sich auf die Suche nach Würmern machte.

Als Zoe satt war, setzte sie sich neben ihn.

»Ah, unglaublich, endlich wieder fette, gesunde und zappelnde Würmer, direkt aus der Erde!«

»Und ich?«

»Ich komme gerne mit dir zum Eiswagen, wenn du magst.«

»Ich dachte nicht ans Essen ...«

»Vielleicht brauchst du erst mal jemanden, der dich zu einem Eis einlädt.«

»Stimmt, da hast du recht.«

Gemeinsam durchstreiften sie den Park. Die vielen Menschen, die unterwegs waren, sahen glücklich und zufrieden aus, wie es sich für Spaziergänger im Mai gehört.

Auch die Tiere waren in heller Aufregung. Die Vögel hatten Grashalme und kleine Zweige für ihre Nester im Schnabel, die Eichhörnchenmännchen huschten von hier nach dort und suchten nach Futter für ihre schwangeren Weibchen.

Als Bart die Hoffnung schon fast aufgegeben hatte, sah er in der Ferne auf einer Bank eine Frau sitzen, die ihm irgendwie bekannt vorkam. Sie saß vornübergebeugt, als ob sie müde oder sogar eingeschlafen war.

Als Bart näher kam, erkannte er sie: Es war seine Mutter.

»Ama...«, flüsterte er und strich ihr zärtlich über den Arm.

Sie hob den Kopf und öffnete langsam die Augen.

»Oh, also ... ich bin völlig durcheinander, als ob ich einen Schleier vor den Augen hätte«, sagte sie mit unsicherer Stimme, »ich weiß gar nicht, was passiert ist.«

Bart berührte ihre Hände.

»Ich bin's, Bart!«

Amaranta musterte ihn verwirrt. Dann sah man plötzlich etwas in ihren Augen aufleuchten.

»Bart!«, wiederholte sie leise. »Mein kleiner Bart! Mein Junge, du bist es wirklich! Wie habe ich dich vermisst!« Sie nahm ihn in die Arme und drückte ihn an sich.

»Ich bin ein bisschen dreckig«, warnte Bart sie. »Hast du keine Angst vor den Bakterien?«

»Bakterien? Was redest du denn da? Ich hatte ganz vergessen, wie gut du riechst.«

Da ließ Bart sich in ihre Arme sinken.

»Ich glaube, ich habe schlecht geträumt«, sagte seine Mutter.

Bart drückte ihr einen Kuss auf die Wange. »Mach dir keine Sorgen, Amaranta, es ist vorbei.«

»Amaranta? Seit wann nennt man seine Mutter beim Vornamen? Ich bin deine Mama, und so will ich auch genannt werden.«

»Und wenn ich mal Kinder habe, dürfen die dich dann Oma nennen?«

»Natürlich, mein Schatz. Und ich werde glücklich sein, meine Enkel in den Armen halten und sie mit Küssen überschütten zu können, wie ich das bei dir auch gemacht habe.«

Eng umschlungen lauschten sie dem Atem des anderen. Zoe wollte nicht stören und scharrte im Kies um die Bank herum.

Irgendwann hörte man Glocken schlagen.

Ding, dang, dong!

Amaranta sprang auf. »Schon sechs! Papa kommt bald nach Haus, ich will ihn überraschen.«

»Womit denn?«

»Ich will sein Lieblingsgericht kochen.«

»Und das ist?«

Bart erinnerte sich, dass Pierfrancesco einen Horror vor ungesättigten Fettsäuren und Kohlenhydraten hatte.

»Lasagne!«

»Aber hat das denn nicht zu viele Kalorien?«

»Kalorien? Was redest du denn da für einen Unsinn? Dein Vater liebt Lasagne, basta. Komm, sonst machen die Geschäfte zu.«

Sie hasteten den Weg entlang und kamen am Eiswagen vorbei.

»Lust auf ein Eis?«

»Klar!«, sagte Bart. »Vanille und Schoko, doppelte Portion bitte.«

Seine Mutter lachte. »Ich nehme Vanille und Erdbeere, normale Portion.«

Mit der Eiswaffel in der Hand gingen sie auf den Ausgang des Parks zu. Erst jetzt bemerkte Amaranta das Huhn, das ihnen hinterherlief.

»Kennst du es?«, fragte sie Bart und zeigte auf Zoe.

»Ja, natürlich! Ich habe ganz vergessen, sie dir vorzustellen. Das ist Zoe, meine Freundin.«

Als Zoe ihren Namen hörte, flatterte sie glücklich mit den Flügeln.

»Deine Freundin?«, fragte Amaranta verblüfft.

»Ja, eine sehr, sehr gute Freundin«, antwortete Bart.

Amarante musterte Zoe verwundert. »Wohnt sie hier im Park?«

»Ähm, nein, eigentlich nicht. Sie hat keine Familie. Ich glaube, sie würde gerne bei uns wohnen.«

»Aber wir haben keinen Garten, und ...«

»Mach dir keine Sorgen, Mama, sie ist eine echte Stadthenne.«

»Wenn sie mit der Terrasse zufrieden ist ... du wolltest ja schon immer ein Haustier, oder? Henne oder Hund, das ist ja egal. Hauptsache, sie mag dich.«

»Das tut sie.«

»Meinst du, sie hält Autofahren aus?«

»Ich glaube schon, sie war schon öfter unterwegs.«

»Dann könnten wir sie im Sommer mit zu Oma und Opa aufs Land nehmen. Erinnerst du dich an diesen stolzen Hahn?«

»Klar! Das würde sie freuen. Sie wollte schon immer Küken haben.«

Bei diesen Worten plusterte sich Zoe freudestrahlend auf.

Es war ein magischer Augenblick. Die letzten Sonnenstrahlen tauchten alles in goldenes Licht, langsam brach die Dämmerung herein. Als sie den Park verließen, blickten Bart und Zoe zurück und sahen, wie ein alter Chinese auf der Wiese ganz alleine Kung Fu übte. Er bewegte sich mit der Anmut und Leichtigkeit eines Flamingos.

»Sag mal, Bart«, fragte Amaranta unvermittelt, »wie freundet man sich eigentlich mit einem Huhn an?«

Bart seufzte tief.

»Oh, Mama, das ist eine lange Geschichte.«

Susanna Tamaro, 1957 in Triest geboren, war Filmregisseurin, bevor sie mit ihrem Roman *Geh, wohin dein Herz dich trägt* Weltruhm erlangte. *Bart, das sprechende Huhn und der Hüter der Weisheit* wurde in Italien 2016 mit dem Premio Strega als bestes Kinderbuch des Jahres ausgezeichnet. Es ist Tamaros erstes Buch bei Hanser.

Thomas M. Müller, 1966 in Gera geboren, lehrt an der Hochschule für Grafik und Buchkunst in Leipzig. Seine Buchillustrationen wurden u. a. von der Stiftung Buchkunst ausgezeichnet. Für die Reihe Hanser illustrierte er zuletzt die *Tschipo*-Bände von Franz Hohler.

Ingrid Ickler, 1968 geboren, studierte Übersetzungswissenschaften in Heidelberg und übersetzt aus dem Englischen, Französischen und Italienischen. Sie lebt bei Frankfurt am Main.